Jörg Nöth

Heiß auf Mais

Neue Angelgeschichten für Nichtangler

Jörg Nöth

Heiß auf Mais

Neue Angelgeschichten für Nichtangler

Carolin für ihre Geduld mit dem angelnden Teil ihrer Ehe
und Max als Dankeschön für gute Tipps und vorbildliche Kameradschaft

1. Auflage Juni 2020
Jörg Nöth, Heiß auf Mais
Neue Angelgeschichten für Nichtangler

Umschlag-Fotocollage © Evgeniia – Adobe Stock
Collage of aquarium gold fishes on blue background

Umschlag- und Buchgestaltung:
Holger Käding, Design-Pool Hamburg
Autorenfoto: Carolin Nöth

Herstellung und Verlag:
BoD – Books on Demand, Norderstedt

ISBN 978-3-7519-6494-4

„Einen guten Angler erkennt man nicht an der Anzahl seiner Ruten, sondern an der Anzahl der gefangenen Fische."

(Nicht Konfuzius, sondern Jörg Nöth)

Inhaltsverzeichnis

Vorwort 9

Kapitel 1   Von Anwälten und Anglern 11

Kapitel 2   Der ideale Angler. 17

Kapitel 3   Der Köder – Heiß auf Mais 27

Kapitel 4   Sportangler 35

Kapitel 5   Unter Piraten. 41

Kapitel 6   Angefüttert 49

Kapitel 7   Watt is hier los! 57

Kapitel 8   Vorratshaltung 63

Kapitel 9   Frische Fische 67

Kapitel 10   Fröhliche Weihnachten 75

Kapitel 11   Eisangler 81

Kapitel 12   Am Forellensee (Rudis Aal) 87

Kapitel 13   Wetterkapriolen 91

Kapitel 14   Verwundet 97

Kapitel 15   Wichtige Erfindungen 103

Kapitel 16   Frauen sind schwierig 109

Kapitel 17   Alte Schätzchen 117

Kapitel 18   Wie man Fische fängt – Dichtung & Wahrheit .121

Kapitel 18   Schwarzangler 129

Kapitel 20   König der Fischer 135

Kapitel 21   Trophäen 141

Kapitel 22   Allerlei Getier 149

Kapitel 23   Der Guru geht nach Uru 159

Von A - Z 169

Vorwort

Wozu schreibt man eigentlich ein Angelbuch für Nichtangler? Aus dem gleichen Grund, aus dem man ein Kochbuch für Menschen schreibt, die nicht kochen können: Damit sie sehen, wie es geht! Außerdem gibt es bereits jeweils mindestens 200 Bücher über den Fang von Karpfen, Hechten, Zandern und Welsen, sodass ein weiteres Buch zu dieser Thematik nicht wirklich in eine Marktlücke gestoßen wäre. An Angelbüchern für Nichtangler gibt es dagegen, soweit mir bekannt, nur noch das von mir verfasste „Verrückt nach Sandra."

Zudem sind Angler häufig etwas verschroben und ein Normalbürger kann nur schwer nachvollziehen, was hinter ihrer Stirn vorgeht. Hat man keinen Kontakt miteinander, ist das unproblematisch. Schwieriger wird es, wenn man so einen Menschen im Freundes- oder Bekanntenkreis hat oder gar mit ihm verwandt oder verschwägert ist. Insbesondere Anglerfrauen haben es schwer, die Macken ihres Gatten zu ertragen. Wie viel leichter wäre das Leben, wenn man verstehen würde, was in einem Anglerhirn vorgeht.

Was macht einen wahren Angler eigentlich aus? Und was treibt er nachts auf dem Rasen, wenn es in Strömen regnet?

Wozu kauft er eimerweise Hundefutter, wenn er doch gar keinen Vierbeiner hat? Und was will er mit Klo-Steinen, wenn es im ganzen Haus kein Pinkelbecken gibt?

Warum weigert er sich beharrlich, Fischstäbchen mit Spinat zu essen, obwohl letzterer doch so schön „Blupp" macht? Und warum ist seine Kühltruhe immer voller Fische?
Was hat sein Hobby mit Sport und Piraten zu tun?

Dieses Buch beantwortet fachkundig all diese Fragen. Verstehen Sie die Antworten mit einem Augenzwinkern, denn eines dürfen Sie nicht erwarten: Politische Korrektheit!

Kapitel 1

Von Anwälten und Anglern

Seit Jahren ernte ich unter Kollegen scheele Blicke, wenn ich meine Angelleidenschaft gestehe, ebenso wie am Fischwasser, wenn ich meine berufliche Tätigkeit preisgebe. Denn Anwälte und Angler haben auf den ersten Blick so gar nichts gemein. Ich habe in Anwaltskreisen auch noch nie von einem anderen Petrijünger gehört, will aber nicht ausschließen, dass es doch den einen oder anderen fischenden Rechtsverdreher gibt. Auch Richter scheinen der Fischwaid gegenüber wenig aufgeschlossen zu sein, zumindest habe ich noch keinen von ihnen mit der Rute in der Hand gesehen. Gleiches gilt übrigens auch für Staatsanwälte. Hingegen sind fast alle Ärzte und Zahnärzte, sofern sie nicht Jäger sind, der Fischwaid sehr zugetan. In den Wartezimmern ihrer Praxen liegen fast immer Wild & Hund, Fisch & Fang, Blinker und ähnliche Zeitschriften aus. Offenbar sind Berufsgruppen, denen das Wohl der Menschen am Herzen liegt auch eher gewillt sich intensiv mit Tieren zu befassen. Es ist dabei keinesfalls so, dass es ihnen darauf ankommt, diese Tiere zu töten. Gerade bei Ärzten kommt es häufig vor, dass sie ihren Fisch wieder schwimmen lassen oder den Finger im letzten Moment wieder vom Abzug nehmen. Es hat ihnen gereicht, den Hirsch sauber im Visier gehabt zu haben.

Juristen sehen dagegen Tiere immer noch als Sachen im Sinne des Gesetzes an. Wer den Dackel seines Nachbarn killt, begeht also eine Sachbeschädigung. Das allerdings vermag den geschädigten Dackelbesitzer nur wenig zu trösten. Unlogisch erscheint es dann aber, dass die Misshandlung von Tieren nicht auch als Sachbeschädigung, sondern als Tierquälerei angesehen wird. Ebenso unlogisch ist es, dass ein Angler, der seinen Fisch wieder schwimmen lässt, der Tierquälerei angeklagt wird, derjenige, der seine Beute tötet, dagegen nicht. So ist es aber leider. Logik interessiert einen Richter nicht, sondern nur das, was im Gesetz steht. Dabei empfinden Fische offenbar kaum Schmerzen. Selbst wenn sie auf das Schwerste von einem Raubfisch verletzt worden sind, setzen sie ihre Nahrungsaufnahme unbeeindruckt fort. Ich habe schon Forellen gefangen, die von einem Hecht unmittelbar vorher fast in zwei Stücke gebissen worden sind und die trotzdem noch meinen Köder genommen haben. Der winzige Haken in der Lippe macht ihnen überhaupt nichts aus.

Die seltsame Haltung der Juristen im Hinblick auf Tiere scheint sich auch auf ihre Sicht gegenüber Menschen auszuwirken. So liest man immer wieder in der Tageszeitung, dass Straftäter, die ihren Mitmenschen Übelstes angetan haben, meist recht glimpflich davonkommen. Tatsache ist, dass jemand, der mehr als eine Million Euro Steuern hinterzieht, eine weit höhere Strafe abzubrummen hat als ein Ehemann, der im Suff seine Frau erschlägt. Jeder Jurist wird Ihnen bestätigen, dass dies selbstverständlich so seine Richtigkeit hat. Ebenso verhält es sich mit dem Schmerzensgeld bei schweren Verletzungen. Während ein Unfallopfer in den USA für den Verlust seines kleinen Fingers eine Abfindung erhält, die nicht nur ihn für den Rest seines Lebens ernährt, sondern auch für die beiden nächsten Generationen noch reicht, wird man bei uns für den Verlust eines Beines mit einem Betrag abgespeist, der gerade so zum Kauf eines Mittelklassewagens reicht. Dieses seltsame Verhältnis zu Mensch und Tier verhindert wohl, dass sich Juristen ernsthaft mit der Angelei oder der Jagd beschäftigen. Ich scheine hier irgendwie eine Ausnahme zu sein.

Dabei kann ich Ihnen nach 50 Jahren als Angler und 29 Jahren als Rechtsanwalt versichern, dass zwischen Anwälten und Anglern doch gewisse Gemeinsamkeiten bestehen. So kann man beiden, um es mal vorsichtig auszudrücken, nur sehr eingeschränkt vertrauen. Man könnte auch sagen, dass sie es mit der Wahrheit manchmal nicht so ganz genau nehmen. Bei den Petrijüngern liegt dies daran, dass sie als berüchtigte Aufschneider verschrien sind, und jeder, insbesondere die Kollegen, von der geschilderten Größe eines Fanges erst einmal pauschal die Hälfte abziehen. Da dies dem Geschichtenerzähler bekannt ist, macht er seinen Fisch lieber gleich ein kräftiges Stück länger. Bei den Rechtsverdrehern ist der Fall anders gelagert. Ursächlich hierfür ist zum einen die Frage der Beweislastverteilung und zum anderen der alte Rechtsgrundsatz „In dubio pro reo", also im Zweifel für den Angeklagten. Das führt dazu, dass man nichts zugibt und alles bestreitet. Das kommt Ihnen sicher aus der Politik bekannt vor, und es ist kein Zufall, dass die meisten Politiker Juristen sind. Anwälte neigen aber auch, genau wie die Angler, zu maßlosen Übertreibungen und zwar aus dem gleichen Grund. Sie wissen, dass ihnen kein Glauben geschenkt wird und der Richter von vornherein Abstriche von ihrem Vortrag machen wird. Deshalb wird gleich noch etwas aufgeschlagen. Dadurch wird aus dem Kratzer an der Stirn eine große Platzwunde, die mit mehreren Stichen genäht werden musste und welche unsere Mandantin für den Rest ihres Lebens derart entstellt, dass ihre Chancen auf dem Heiratsmarkt in Zukunft gleich „null" sind. Das ist der Moment, in dem bei der guten Frau plötzlich die Tränen kullern und sie sich besorgt erkundigt, ob sie wirklich so schrecklich aussieht.

Im Gegensatz zu Anglern, denen dies völlig fremd ist, sind Anwälte auch Meister im untertreiben, sodass aus einem beinamputierten Opfer schnell mal ein verlogener Simulant und aus einem eingestürzten Haus ein unbedeutender optischer Baumangel wird.

Anwälten und Anglern gemeinsam sind auch ihre Geduld und das Gespür für den richtigen Zeitpunkt des Anreißens der Leine. Dabei harren die Angler Stunde um Stunde aus, bis ein Fisch ihren Köder genommen hat. Zieht die Schnur ab, muss der Anschlag im rechten Moment gesetzt werden. Kommt er zu früh, ist der Haken noch nicht im Maul, kommt er zu spät, hat die Beute den Braten gerochen und den Wurm wieder ausgespuckt. Was man nicht für möglich halten sollte, aber den Tatsachen entspricht: auch Anwälte legen Köder aus und warten beharrlich darauf, dass der Gegenanwalt diesen schluckt, und sie freuen sich diebisch, wenn sie den Kollegen dann am Haken haben. Dabei ist der Köder meist ein scheinbar nebensächlich eingestreuter Sachvortrag, der vermeintlich der Gegenseite nützt. Der Haken steckt meist in einer prozessualen Folge, die nicht gleich erkennbar ist, oder der glaubhaften bzw. unstreitigen Schilderung eines Sachverhaltes. Nun wartet der Anwalt geduldig, wie der Kollege reagiert. Ist er unerfahren oder unter Zeitdruck, greift er vielleicht unbedacht den scheinbaren Vorteil auf. Jetzt ist der Zeitpunkt gekommen, die Leine anzuziehen und den zappelnden Kollegen an Land zu ziehen. Ist dagegen ein alter Hase auf der Gegenseite, wird er um den Köder schleichen wie die Katze um den heißen Brei. Dabei ist er genauso vorsichtig wie ein alter Karpfen, der ein Maiskorn nur mit ganz spitzen Zähnen anfasst. In einem Schreiben an das Gericht hört sich das etwa wie folgt an: „Angenommen, die Klägerseite läge mit ihrer Behauptung richtig, was natürlich vorsorglich ausdrücklich bestritten wird, und vorausgesetzt, dies wäre für das Gericht wider Erwarten in irgendeiner Form beachtlich, dann würde die Beklagtenseite zur Auffassung neigen, dass ..."

Hier spürt man förmlich das Misstrauen. Warum? Ich hatte Ihnen doch bereits erklärt, dass man grundsätzlich nichts zugibt und alles bestreitet. Weicht jemand hiervon ab, ist Vorsicht geboten, denn Geschenke werden nicht gemacht. „Ich fürchte die Danaer, selbst wenn sie Geschenke bringen" ist eine uralte Weisheit seit den Tagen Homers und daran hat sich auch bis heute nichts geändert. Hat der Kollege den Köder daher nicht geschluckt, lässt man sich halt etwas Neues einfallen und legt ein weiteres Danaer-Geschenk aus.

Anglern und Anwälten ist ferner gemein, dass sie nie (!) um faule Ausreden verlegen sind. So ist der Hauptgrund, aus dem ein Prozess verloren gegangen ist, die Tatsache, dass der Richter ein Idiot ist. Das ist einerseits schwer zu widerlegen, wird vom Mandanten anstandslos akzeptiert und ist andererseits leider gelegentlich wahr. Weitere beliebte Gründe sind verlogene Zeugen, unfähige Sachverständige und korrupte Polizisten. Meist ist es eine Mischung der vorgenannten Ursachen. Im Zweifel schließt man sich hier der Auffassung seines Mandanten zwanglos an und haut noch einmal in die gleiche Kerbe die sich dieser bereits auserkoren hat. Warum ihm widersprechen?

Wie ähnlich hört sich da unser Petrijünger an, wenn er wieder mal ohne Fisch nach Hause gekommen ist. Meist ist das Wetter schuld an seinem Schneider-Dasein, oft auch der zu helle Vollmond, die verdammten Kormorane, die den Teich schon wieder leer gefischt haben oder auch der halsabschneiderische Vereinsvorstand, der trotz hoher Beiträge keine Fische einsetzt.

Trotz gewisser Ähnlichkeiten der Verhaltensmuster und Jagdstrategien wird den meisten Juristen das wahre Wesen der Angelei wohl ein Buch mit sieben Siegeln bleiben und sie werden sich eher dem Golf oder Tennis zuwenden. Ich werde weiterhin eine angelnde Ausnahme bleiben und mir das Wasser mit den Ärzten teilen.

Kapitel 2

Der ideale Angler

Selbsterkenntnis ist bekanntlich der erste Schritt zur Besserung. Dabei kommt es auf den Blickwinkel des Betrachters an. So sehe ich mich selbst als mindestens 1,90 m groß an, mit dunklem, lockigen Haar und athletischer Figur. Carolin behauptet dagegen an garstigen Tagen, ich käme allenfalls auf 1,78 m, würde aber schon wieder Richtung Erde wachsen. Außerdem sei ich eher mopsig und meine Haare mausgrau. Ein Blick in den Spiegel und auf die Waage belehrten mich eines Besseren. Meine Frau hat vermutlich Recht. Allerdings sind meine Haare noch dunkelgrau.

Was macht also den idealen Angler aus. „Er fängt Fische!" werden Sie sagen, und das ist falsch, denn meistens tut er das nicht. Sonst würde er ja Fischer heißen. Vielmehr muss man das Idealbild von unterschiedlichen Perspektiven aus betrachten und sorgsam zwischen Wunschvorstellung und Wirklichkeit unterscheiden.

Der Vereinsvorstand wünscht sich natürlich Sportfreunde, die nichts fangen. Ein Wunsch, den übrigens auch viele Sportkameraden teilen. Der Vorsitzende denkt dabei insbesondere an seine Vereinskasse. Wenn dem Gewässer keine Fische entnommen werden, braucht auch nicht nachgesetzt zu werden. Das spart Kosten. Die Kollegen vertreten dagegen die Auffassung, dass der Hecht, den ein Anderer nicht erwischt, bei ihnen selbst auf dem Teller landen könnte. Soweit zu den Wunschgedanken.

Geht aber ein großer Teil der Angler stets leer aus, fällt das unangenehm auf den Vorstand zurück, da die Vereinsmitglieder sich lauthals darüber beschweren, dass der Verein zu wenig Fisch einsetzt. Diese Klagen hört man sowieso immer, allerdings nicht so massiv. Um dem vorzubeugen, filmt unser erster Vorsitzender bei den Angelveranstaltungen stets die Beute und präsentiert auf der Weihnachtsfeier dann eine DVD mit erfolgreichen Kameraden und dokumentiert so den hervorragenden Fischbestand der Gewässer. Beim letzten Anangeln hatte er allerdings Pech. Als er nach vier Stunden unsere drei Teiche umrundete, hatte noch niemand einen Schuppenträger gelandet, den er in die Kamera halten konnte. Man konnte hören, wie dem Chef ein Stein vom Herzen fiel als er bei mir einen schönen Karpfen im Gras liegen sah. Damit war der Film gerettet. In Wahrheit braucht der Vorstand also unbedingt einige Erfolgreiche, es sollen nur eben nicht zu viele sein.

Und wie ist es mit Kollegen? Die hätten natürlich auch lieber jemanden zum Fachsimpeln, der schon mal was gefangen hat. Leute, die ihr Wissen nur aus den einschlägigen Zeitschriften beziehen, werden schnell langweilig. Also sind auch hier die „Fänger" gefragt, da einem die Schneider keine hilfreichen Tipps geben können.

Die Grünen, Umweltaktivisten, Vogelschützer, Vegetarier und ähnliche Weltverbesserer sehen den Angler am liebsten gar nicht am Wasser, schon gar nicht mit der Angel. Er sollte sich ihrer Meinung nach darauf beschränken, regelmäßig Fische in den Teich zu setzen, damit die Kormorane was zu fressen haben. Hat der Petrijünger ein Gewässer durch jahrelange Pflege in tadellosen Zustand versetzt, würden sie ihn am liebsten endgültig von dort vertreiben. Dabei übersehen diese Dummschwätzer, dass sofort nachdem sich die Angler dort entfernen, wieder die Verwahrlosung eintreten würde und die Kormorane bald das Wasser leer gefischt hätten. Die selbst ernannten Umweltschützer habe ich bislang weder mit einem Müllsack um den Teich gehen, noch dort Fische einsetzen sehen.

Der Angler selbst sieht sich natürlich als erfolgreichen Alleskönner, selbst wenn er in Wahrheit der Prototyp eines Universaldilettanten ist. Große Fische fängt er reihenweise. Sollte er noch nichts erbeutet haben, liegt das ausschließlich daran, dass er heute – aus welchen Gründen auch immer – eigentlich gar keine Fische fangen wollte. Die Kollegen sind in Hinsicht auf diese Gründe erfinderischer als selbst ein Baron von Münchhausen. Geht ein guter Fisch verloren, ist die Schuld hierfür selbstverständlich nie beim Angler, sondern stets in anderen Ursachen zu suchen. So ist beispielsweise beim Materialbruch immer der Hersteller für den Verlust des kapitalen Hechtes verantwortlich und nicht der Sportfreund, der sein schrottiges Gerät im Baumarkt erworben hat oder seine Ausrüstung nicht vor Benutzung sorgfältig überprüft hat.

Auch an mir selbst habe ich diesen Charakterzug schon festgestellt, wohl weil er allzu menschlich ist. So wie an dem Tag, als mir eine sechspfündige Forelle durch die Lappen gegangen ist. Sie hatte an meiner Spinnrute gebissen, war bereits ausgedrillt und kurz vor dem Kescher, als ihr Kopf den Stummel eines Schilfhalmes berührte und sich so der ganze Fisch seitlich wegdrehte. Das hatte zur Folge, dass die Forelle nicht gerade ins Netz schwamm, sondern mit dem Maul den Kescher berührte. Sofort verhakte sich der Drilling in den Maschen. Ein leichtes Schütteln und der Haken löste sich aus dem Maul, und aus war der Traum von Räucherforelle. Ein größerer Kescher und etwas mehr Geduld hätten den Verlust vermieden. Stattdessen fluchte ich noch nach Stunden über den Schilfhalm.

Ein anderes Mal versuchte ich im Herbst mein Glück mit einem Gummifisch auf Hechte und hatte vor dem Schilf einen Interessenten, der den Köder leider verfehlte. Am Aufblitzen der Flanke erkannte ich, dass hier ein starker Bursche stand. Da er an diesem Tag kein Interesse mehr zeigte, versuchte ich es am nächsten Morgen mit einem toten Köderfisch und wählte das Gerät entsprechend kräftig. Da die erhoffte Beute in einer etwa zwei Meter durchmessenden kreisrunden Lücke im Schilf stand musste ich mir etwas einfallen lassen, damit sie nicht auf Nimmerwiedersehen zwischen den Halmen verschwand. Ich befestigte mittels eines Knotens einen zweiten Drilling am Stahlvorfach und befestigte die Haken so am Köder, dass der Hecht in jedem Fall einen von ihnen erwischen musste. Ich konnte dann sofort anschlagen, bevor der Fisch wieder ins Kraut zog. Die Montage servierte ich einige Meter weiter draußen und zog den Köder verführerisch taumelnd am Schilfkessel vorbei. Auf der Stelle erfolgte ein heftiger Biss, den ich mit einem Anschlag quittierte. Der Hecht hing und versuchte ins Schilf zu flüchten. Gewaltsam stoppte ich seine Flucht und zog ihn ins freie Wasser, um ihn sich dort austoben zu lassen. Ich lockerte die Bremse, damit er Schnur nehmen und Richtung Seemitte flüchten konnte. Aber mein Gegenüber war ein schlauer Bursche und machte sofort kehrt in Richtung Kessel. Jetzt sah ich ihn, deutlich größer war er, als ich vermutet hatte, über einen Meter lang. Also musste ich die Bremse wieder fester anziehen, um ihn vor dem Kraut zu stoppen und erneut ins freie Wasser zu drehen. Dreimal flüchtete er ins Kraut, dreimal stoppte ich ihn im letzten Moment. Er wusste, was er wert war und ich auch, denn ich konnte den Fisch während des ganzen Drills sehen. Beim vierten Versuch mobilisierte er noch einmal alle seine Kräfte und erreichte die ersten Schilfhalme, bevor ich ihn zum Halten brachte. Aber jetzt wollte ich es wissen. Leider erfuhr ich es schneller als mir lieb war. Als ich den alten Kämpen gewaltsam wieder in die gewünschte Richtung bugsieren wollte, riss das Stahlvorfach und mein Gegner glitt majestätisch zurück in die blaue Tiefe des Sees.

Laut fluchend holte ich mein Gerät ein. Schon auf den ersten Blick erkannte ich, dass das Vorfach dort gerissen war, wo ich den zusätzlichen Haken angeknotet hatte. Hätte ich statt des Knotens eine Schlaufe mit Quetschhülse verwendet, wäre diese Sollbruchstelle nicht entstanden. Und wenn ich den kapitalen Fisch nicht die ganze Zeit vor Augen gehabt hätte, wäre der Jagdtrieb nicht mit mir durchgegangen, und ich hätte behutsamer gedrillt. Zurück zur Selbsteinschätzung.

Selbstverständlich hält sich der Angler auch für sportlich fair und waidmännisch korrekt. Nie würde es ihm einfallen, einen Fisch hinter dem Reserverad seines Autos zu verstecken, wenn er die erlaubte Tagesfangmenge schon erreicht hat. Nicht einmal, wenn ihm ein Kapitaler an den Haken geht, den er eigentlich zurücksetzen müsste. Und selbst nach dem fünften Schneidertag (einem Tag ohne Beute) würde er keinen Hecht mitnehmen, dem nur ein halber Zentimeter am vorgeschriebenen Mindestmaß fehlt.

Zudem sind ihm die in Anglerkreisen durchaus üblichen Aufschneidereien völlig fremd. Der blaue Fleck am Oberarm ist eine Sportverletzung und rührt nicht von einem Handkantenschlag her, mit dem die Länge des letzten Fanges auf dem Arm markiert wurde, obwohl die Beute nur 20 cm lang war. Und niemals würde er aus Langeweile mit Boilies auf Enten schießen, da sie auf die Entfernung ohnehin nicht zu treffen sind.

Und wie sieht die Ehefrau – sofern er überhaupt eine gefunden hat – ihren Angler? So ein Petrijünger hat eigentlich alles an sich, was die Mädels von Haus aus vom tiefsten Abgrund ihrer Seele hassen. Insofern sind Frauen als die natürlichen Feinde des Anglers anzusehen. Nicht nur, dass er sich mit widerwärtigem Getier wie Würmern und Maden umgibt, von den stinkenden Fischen ganz zu schweigen, nein, er lagert dieses Viehzeug auch noch im Kühlschrank und zwar bevorzugt in nicht fest schließenden Behältern. Wer einmal eine Frau beruhigen musste, der aus dem Gemüsefach Maden entgegengekrochen sind, wird künftig die Investition für einen 2. Kühlschrank im Keller oder der Garage nicht scheuen. Auch ich habe einen solchen sehr zur Beruhigung meiner Frau angeschafft und in meine Gartentheke eingebaut. Das hat den Vorteil, dass ich nicht nur kalte Maden griffbereit habe, sondern auch stets ein kühles Bier.

Außerdem wirkt so ein Angler recht ungepflegt, da er sich vor der Ausübung seines Hobbys weder wäscht noch rasiert. Parfümierte Seife und Rasierwasser hinterlassen Duftspuren an den Händen, die sich auf den Köder übertragen und so den Schuppenträgern den

Appetit verleiden könnten. Seine Kleidung ist nicht nur mit Futter-mittelresten, sondern auch noch mit Fischschleim sowie Schuppen verziert und ihn umströmt meist ein fischig-ranziger Geruch. Ver-stärkt wird dies noch durch die Gummistiefel, die er selbst an heißen Sommertagen zu tragen pflegt. Um der Wahrheit die Ehre zu geben: er ist schon ein rechter Stinker, woran auch seine Vorliebe für Fisch-brötchen mit Zwiebeln nichts ändert.

Auch seine nächtlichen Angewohnheiten machen ihn seiner Frau nicht gewogen. So kommt er vom Aalangeln – wenn überhaupt – erst nachts um zwei Uhr nach Hause. Plant er dagegen für den folgenden Tag einen Ausflug ans Wasser, klingelt sein Wecker bereits um vier Uhr. Er poltert dann eine Stunde durchs Haus, kommt noch dreimal ins Schlafzimmer, weil er etwas vergessen hat und verschwindet ohne Lebewohl, verfolgt von den Flüchen seiner Liebsten. Zurück kommt er erst nach Stunden und in dem zuvor beschriebenen Zu-stand und übellaunig, weil er mal wieder nichts gefangen hat. Seine Angetraute dagegen fragt sich, was sie vor 30 Jahren an ihm gefun-den hat.

Sehr zwiespältige Gefühle lösen die Fangerfolge bei der Ehefrau aus. Hat ihr Göttergatte einen Eimer voller Hechte und Karpfen erbeutet, veranstaltet er mit diesen regelmäßig eine Riesensauerei in der Küche, und das ganze Haus mieft nach Fisch wie das Seelöwen-gehege im Zoo. Dafür ist der Angler bester Laune, was auch die nächsten Tage noch anhält. Kommt er dagegen wieder mal als Schneider nach Haus, ist er miesepetrig und muffig, trinkt ein Bier und geht ins Bett. Dafür ist das Haus sauber und geruchsfrei. Passiert das allerdings häufiger, kommen bei der Frau Zweifel auf, wo ihr Gemahl gewesen ist. Sie betrachtet ihn dann von oben bis unten mit scheelen Blicken und nervt ihn mit dummen Fragen. Da er wegen des Misserfolges am Wasser ohnehin sauer ist, führt diese Situation leicht in einen schnell eskalierenden Ehekrach. Um dies zu vermei-den, nehme ich wenigstens ein paar kleine Fische mit nach Hause, um mir lästige Fragen zu ersparen. Außerdem freut sich Carolin, wenn ich an ihre Katzen denke, die solche Alibifische sehr gern annehmen. Insgesamt bleibt festzuhalten, dass – bis auf ihn selbst natürlich – jeder hofft, dass der Angler nichts fängt und keiner wirklich zufrieden ist, wenn er stets als Schneider nach Hause kommt. Da er es also ohnehin niemandem wirklich recht machen kann, sollte er sich lieber mit den angenehmen Seiten seines Hobbys befassen und seinem Schutzpatron Petrus vertrauen, der weder den Sportfreund verhungern, noch die Bäume zu hoch in den Himmel schießen lässt.

Und die perfekte Anglerin? Sie ist ein reines Wunschgebilde von utopisch veranlagten Fantasten, denn allein der Umgang mit Maden, Würmern und Fischen ist Frauen derart zuwider, dass sie nur einen winzigen Bruchteil der Sportfreunde ausmachen. Und sie entsprechen so gar nicht unseren Träumen. Wer würde denn nicht gern einmal mit einem hübschen Blondhasen in hüfthohen Gummistiefeln die Rute schwingen? Bis auf die Gummistiefel ist alles eine Wahnvorstellung. Häufig zeigen uns Angelkataloge, wie Schönheitsköniginnen in knapper Bekleidung unserem Hobby nachgehen. Besonders der Katalog der Firma Rudi Heger GmbH aus dem Jahr 2010 tut sich hier hervor und scheint viele Petrijünger zu inspirieren und ihnen neue Hoffnung zu geben. Weiter so, Rudi!!!

Ich hätte Ihnen ja gern einige dieser Fotos aus dem Katalog gezeigt, wenn ich die Urheberrechte innehätte. Zumindest die Männer unter Ihnen hätten sich noch morgen zur Sportfischerprüfung angemeldet. So aber will ich Ihnen zumindest eines der Bilder beschreiben. Es zeigt eine schwarzhaarige Schönheit, braungebrannt und nur mit hüfthohen Gummistiefeln, einem schwarzen Slip und einem blauen Hemd bekleidet. Die obersten vier Knöpfe des Hemdes stehen offen, die beiden untersten auch. Der schwarze Slip wurde ganz offensichtlich nachträglich in das Foto retuschiert. Das unretuschierte Original hängt, so vermute ich, über Rudis Schreibtisch. Alter Schlawiner! Die Schöne – und das ist das Schöne – steht nicht einfach nur so rum, sondern ist mit weit gespreizten Beinen tief in die Hocke gegangen und hält die Rute in der einen, eine soeben gefangene Forelle in der anderen Hand. Völlig realitätsfremd das Ganze. Leider ist die Wahrheit – wie so oft im Leben – bitter, in diesem Fall sogar sehr viel bitterer.

Wirken schon die Männer auf Grund des zuvor beschriebenen Äußeren leicht asozial, schlägt sich dieses bei den Frauen noch verheerender nieder. Stellen Sie sich eine Frau in ausgetretenen Gummistiefeln, ausgebeulter Hose, kariertem Hemd und Bundeswehrparka vor, vollgepeekt von oben bis unten und einen Geruch verströmend, der eine kuriose Mischung aus Fisch, Erdbeervanille, Anis und alten Brötchen vereint. Regnet es, kommt noch das Aroma „Nasser Hund" hinzu. Die Anglerin selbst erscheint meist etwas vierschrötig und unrasiert (überall). Dies liegt vermutlich daran, dass unsere Kolleginnen versehentlich ein paar Y-Chromosome abbekommen haben und zwischen ihren männlichen Kollegen kaum auffallen. Sie beeindruckt uns durch einen markanten Händedruck, buschige Augenbrauen und die Fähigkeit, einen Kümmerling zu trinken, ohne ihn mit den Fingern zu berühren. Waidmännisch und kameradschaftlich betrachtet ist an ihnen nichts auszusetzen, auch wenn wir gelegentlich leicht in die Knie gehen, wenn die Mädels uns zur Begrüßung krachend auf die Schulter schlagen. Auch lassen ihre Fangerfolge nichts zu wünschen übrig. Als Lebenspartnerin kommen sie allerdings nur für Kollegen in Frage, die eine masochistische Veranlagung haben und ansonsten gern mal eine Domina aufsuchen.

Man kann also im Leben nicht alles haben, schon gar keine perfekte Anglerin.

Allerdings gibt es immer eine Ausnahme von der Regel, in diesem Fall nur eine einzige. Sie heißt Babs Kijewski!!! Schauen Sie sich Babs im Internet an, und Sie werden mir Recht geben. Sie ist der Traum aller Angler. Unbestätigten Gerüchten zu Folge hat Babs schon mehr Heiratsanträge bekommen als der Papst Bitten um eine Audienz. Kein Wunder! Bei ihren Talenten wird sie es noch weit bringen, mindestens bis in den „Playboy".

Gibt es denn wenigstens die perfekte Angler-Ehefrau? Zunächst einmal müsste sie Fische zum (Fr)essen gern haben, denn was nützt einem Petrijünger eine Lebensgefährtin, die seinen Fang nicht auf dem Teller haben mag. Idealerweise kann sie die Beute nicht nur braten, sondern zuvor auch noch ausnehmen und schuppen.

Stolz sollte sie auf ihren Petrijünger sein und nachsichtig gegenüber seinen Schrullen. „Mein Held!" lautet die angemessene Begrüßung, wenn er durchnässt in der Tür steht und seinen Fang präsentiert. „Zieh ja die dreckigen Stiefel aus, tropf den Flur nicht voll und lass bloß das blöde Vieh draußen!" wäre hier völlig fehl am Platz.

Schweigsam sollte unsere Partnerin sein, dann stört sie nicht beim Packen der Angelutensilien, und wir laufen nicht in Gefahr, ein lebensnotwendiges Teil zu vergessen. Außerdem können wir mit ihr dann bei schönem Wetter ruhig einmal ans Wasser fahren.

Prima wäre auch ein Schuss Leichtgläubigkeit, damit sie unsere Fangberichte für bare Münze nimmt. Man kann dann die Stammtischgeschichten vorab an seiner Liebsten auf ihre Wirkung testen.

Fürsorglichkeit ist natürlich auch sehr wichtig. So sollten nicht nur der selbstgefangene Fisch, sondern auch sonstige Lieblingsgerichte regelmäßig auf den Teller kommen. Und besorgt muss sich unsere Liebste danach erkundigen, ob wir heute auch wirklich schon genug Bier getrunken haben.

Von Vorteil wäre auch ein fester Schlaf, damit wir sie nicht wecken, wenn wir spät in der Nacht vom Aalansitz zurückkehren oder aber schon vor dem Morgengrauen aus dem Haus schleichen.

Nachteilig wirken sich dagegen die den Frauen angeborene Neugier und ihr Hang zu quengelnden Fragen aus. Warum um alles in der Welt erkundigen sie sich danach, ob wir was gefangen haben oder wo die Fische sind? Hinter dieser Frage klingt immer etwas Häme mit, was Carolin selbstverständlich vehement bestreiten würde. Außerdem, wenn wir Fische hätten, würden wir diese doch voller Stolz vorzeigen. Allenfalls sollte die Angetraute sich auf die Nachfrage beschränken, ob wir einen schönen Tag hatten. Dies können wir sicher bejahen, denn jeder Tag am Wasser ist schön.

Ungern gesehen wird es auch, wenn so ein Weib sich an unseren Gerätschaften zu schaffen macht, um für Ordnung zu sorgen. Hinterher finden wir nichts wieder, komplizierte Montagen sind verheddert, die empfindliche Rutenspitze ist abgebrochen und unsere Madendose auf dem Müll gelandet. Beklagen wir uns, heißt es, wir wären selber schuld, weil wir unseren Kram überall rum liegen lassen. Wir werden sogar noch dafür belangt, wenn sie sich den Daumen an einem Haken aufreißt, obwohl dies nicht passiert wäre, hätte sie gleich die Finger von unseren Sachen gelassen.

Mehr als alles andere hassen wir es, am Wasser angerufen zu werden. Eine Frau kann bekanntlich stundenlang telefonieren. Dauert ein Gespräch nur 30 Minuten, war sie garantiert falsch verbunden. Ruft sie uns beim Angeln an – insbesondere bei einem Wettkampf – dauert dies gefühlte zwei Stunden. Teilt man ihr mit, dass es gerade sehr unpassend ist, ist sie auch noch eingeschnappt.

Je länger ich mir die vorstehende Auflistung von Vor- und Nachteilen anschaue, desto mehr wird mir klar, dass ich mit Carolin nicht wegen, sondern trotz des Angelns seit über 30 Jahren glücklich verheiratet bin.

Kapitel 3

Der Köder – Heiß auf Mais

Richtig! Mit dem Köder fängt alles an. Eine alte Weisheit besagt „Willst du etwas fangen, schau auf den Köder mit den Augen eines Fisches!" Leider wird diese Erkenntnis häufig weder von der Angelgeräteindustrie noch von den Anglern berücksichtigt. Darum schwimmen noch so viele kapitale Flossenträger in unseren Gewässern.

Die Wahl des Köders hängt im Wesentlichen davon ab welchen Fisch man zu fangen beabsichtigt. Natürlich gibt es Allzweckwaffen wie den Tauwurm, der von fast allen Schuppenträgern gern genommen wird und daher vom Aal bis zum Zander die ganze Palette der Wasserbewohner fängt. Darum hat sie auch jeder Petrijünger dabei, fein säuberlich verpackt in einer Styroporbox, 12 Stück für 2,95 Euro. Aufbewahrt werden sie im heimischen Kühlschrank sehr zur Freude der Hausfrau. Wer so viel Geld nicht ausgeben mag, kann die Würmer auch selbst fangen. Nachts kommen sie insbesondere bei Regen zu Hunderten aus der Erde und können mittels Taschenlampe und flinker Finger abgesammelt werden.

Hat man, wie ich seinerzeit als Student, keinen eigenen Garten, ist man auf Parkanlagen oder ähnliches angewiesen. An regnerischen Tagen pflegte ich daher die Rasenflächen des Göttinger Kiessees nach kostenlosen Ködern abzusuchen. Flink sind die Burschen und sofort in ihren Löchern verschwunden, wenn man sie direkt anleuchtet oder zu laut auftritt. Außerdem werden sie mit 10 bis 15 cm recht groß, sodass ich immer einen Eimer für meine Beute dabei hatte. Ich war im Übrigen erstaunt, wie viel seltsame Leute sich nachts im

Regen am Kiessee herumtrieben. Vermutlich werden diese Typen gleiches von mir gedacht haben, wenn ich mit Taschenlampe und Eimer über den Rasen schlich. Zwar blieben einige Neugierige stehen, die Sache erschien ihnen aber wohl zu unheimlich, um mich anzusprechen. Immerhin war die Klapsmühle nicht weit entfernt.

Ebenfalls etwas verrückt wirkt die Vielzahl an Würmern und Maden, die dem Angler als Auswahl zur Verfügung stehen. Neben dem bereits erwähnten Tauwurm gibt es noch Dendrobenas, Gelbschwänze, Rot-, Mist- und Mehlwürmer. Nicht zu vergessen die Pinkies, Fleisch- und Bienenmaden. Und natürlich die Zuckmückenlarven. Bleibt zu hoffen, dass die Fische bei dieser Vielfalt nicht den Überblick verlieren und sich aus dem Staube machen.

Bei der Köderwahl ist, von den immer einsetzbaren Würmern und Maden einmal abgesehen, grundsätzlich zu unterscheiden zwischen solchen für Raub- und solchen für Friedfische. Außerdem gibt es natürliche oder künstliche Leckerbissen für unsere geschuppten Freunde. Dabei sind die Naturköder noch relativ „normal". Dass ein Hecht Fische frisst, ist gemeinhin bekannt, und so ist es naheliegend, einen solchen an den Haken zu hängen. Auch, dass man auf Karpfen mit gekochten Kartoffeln, Dosenmais oder gequollenem Weizen angelt, mag niemandem ungewöhnlich erscheinen. Seltsamer und vor allem übelriechender ist es da schon, wenn man das Getreide vorher gären lässt.

Geradezu bestialisch stinken Tintenfische, die beim Fang von Welsen zum Einsatz kommen. Empfohlen wird häufig, diese zunächst einige Tage in der Sonne liegen zu lassen, damit sie die richtige Reife bekommen. Allerdings wird den Lesern solcher Ratschläge nahegelegt, die solcherart „Gereiften" nur noch mit Gummihandschuhen anzufassen, da der Geruch an der Haut tagelang haftet. Andere Köder scheinen eher geeignet zu sein ein Butterbrötchen zu belegen, als sie an den Haken zu hängen. So gelten in den einschlägigen Fachzeitschriften Käse und Frühstücksfleisch als sehr fängig. Letzteres konnte ich mir zumindest als wirkungsvoll vorstellen. Nachdem ich allerdings nach einer Stunde immer noch keinen Biss verzeichnen konnte, habe ich den Rest der Dose selbst verdrückt. Mein Sohn Max ist dagegen Experimenten gegenüber stets aufgeschlossen, übernimmt unkritisch selbst die dubiosesten Empfehlungen und hat in Folge dessen eine ganze Aalnacht beim Angeln mit Käsewürfeln vergeudet, obwohl ich ihm nahegelegt hatte, zumindest eine der Ruten mit einem Tauwurm zu bestücken. Die Wirksamkeit eines Köders erweist sich natürlich erst im Vergleich mit Altbewährtem. So hatte ich beispielsweise gelesen, dass die Köderfische auf Zander unwiderstehlich wirken, wenn man sie vorher in Liebstöckel einlegt. Zwar hatte ich so meine Zweifel an diesem Tipp, aber ausprobieren wollte ich es schon, zumal ich einen großen Strauch dieses Gewürzes im Garten hatte. Den nach Maggi riechenden Fisch mochte allerdings keiner der Räuber anrühren, auf den natur belassenen fing ich immerhin zwei. Seither koche ich den Liebstöckel lieber wieder in der Hühnersuppe.

Insbesondere dem Aal, dem man einen ausgezeichneten Geruchssinn nachsagt, versucht man mit sehr kuriosen Mitteln beizukommen. So wird neben dem bereits erwähntem Käse auch die Verwendung von Geflügeldärmen und Hähnchenleber empfohlen, wobei letztere, mit Maden vermischt, auch zum Anfüttern der Schlängler verwendet wird. Aber irgendwo hört der Spaß für mich auf. Wir sind doch nicht in Frankensteins Gruselkabinett. Solche Köder mag meinetwegen Hannibal Lecter verwenden. Ich greife lieber wieder auf den bewährten Tauwurm zurück. Schließlich weiß jedes Kind, dass man mit Speck Mäuse fängt.

Sofern Ihnen diese natürlichen Mittel bereits seltsam vorkommen, sollten Sie einmal einen Blick auf das werfen, was die Angelindustrie alles an Kunstködern für uns bereithält.

Da gibt es die Klassiker wie Blinker und Spinner, die den Objekten unserer Begierde einen verletzten Fisch und somit leichte Beute vorgaukeln sollen. Ursprünglich verwendete man hier naturfarbene

Muster. Heute gibt es Schock- und Reizfarben von Pink bis Fluor-
grün und neuerdings sogar ultraviolett. In diese Kategorie der Fisch-
verführer fallen auch Twister, Gummifische und Wobbler. Als Neue-
rung gibt es noch Jerkbaits, die so naturgetreu gefertigt sind, dass
man sie vom Original kaum noch unterscheiden kann. Alle diese
Köder haben ihre Daseinberechtigung, denn ein Köderfisch ist nicht
immer zur Hand, wenn man ihn benötigt.

Weshalb man aber künstliche Würmer und Maden erfunden hat, ist
mir schleierhaft, kann man die lebende Variante doch überall erwer-
ben und im Kühlschrank dauerhaft aufbewahren. Auch die Fische
können mit so einem leblosen Gummiwurm nicht allzu viel anfangen. Zumindest habe ich noch nichts von nennenswerten Fängen
gehört. Diese Köder werden aus Maisstärke hergestellt, haben eine
ölige Oberfläche und riechen sehr künstlich. Die Dinger haben den
unbestreitbaren Vorteil, dass man sie immer wieder verwenden kann,
da sich kein Fisch daran vergreift. Aus gleichem Grund wird man
während des Angelns auch nicht dauernd beim Biertrinken gestört.

Ebenfalls aus Stärke hergestellt wird Forellenteig, der kaum Geruch
verströmt, sondern in erster Linie durch grelle Farben auf sich aufmerksam machen soll. Der Paste sind zu gleichem Zweck Glitzer-
partikel beigefügt, die langsam nach unten rieseln, wenn sie sich im
Wasser nach und nach auflöst. Hört sich komisch an, fängt aber bisweilen, obwohl ich allemal eine knackige Made vorziehen würde.

Wie ein Zoo aus Gummitieren wirken manche Köderboxen. Neben
den Fischen aus Gummi gibt es noch Kraken und Oktopusse, Krebse,
Mäuse, Frösche und Eidechsen. Ich habe auch schon in Erwägung
gezogen, einen Plastikdinosaurier meines Enkels an den Haken zu
hängen, da dieser aussieht wie eine Kreuzung verschiedener Am-
phibien. All dieses Getier ist teilweise wunderschön und originalge-
treu gefertigt. Irgendwie muss sich der hohe Kaufpreis ja rechtfertigen lassen. Dieser kann bei großen Wobblern und Jerkbaits schnell
mal 20 Euro überschreiten. Hängt dann so ein Teil auf Nimmer-

wiedersehen in einer Wurzel fest, schmerzt es wirklich arg. Dabei fangen alte, rostige Blinker manchmal auch sehr gut.

Bei all der Auswahl an künstlichen Ködern drängt sich einem förmlich die Frage auf, was die Fische von der Sache halten. Selbst bei sehr klarem Wasser verblassen alle Farben nach und nach je tiefer es wird, und schon nach wenigen Metern sind sie nicht mehr zu unterscheiden. Sobald das Gewässer trüber wird, sind Formen und Farben kaum noch zu erkennen. Trotzdem nimmt ein Räuber den Köder, selbst wenn die Sicht nur 20 cm beträgt. Das lässt vermuten, dass es gar nicht auf das Aussehen ankommt, sondern dies nur das Auge des Anglers entzücken soll. Den Räuber reizt dagegen die Schwingung, die von der vermeintlichen Beute ausgeht. Daher ist es von Vorteil, wenn sich diese lebhaft im Wasser bewegt.

Und damit komme ich wieder auf die Einleitung dieses Kapitels zurück. Man muss den Köder mit den Augen des Fisches und nicht mit denen des Anglers betrachten. Aufschlussreich ist hier ein alter Trick. Ist erst einmal ein Schuppenträger gefangen, schneidet man ihm den Magen auf und untersucht den Inhalt, der einen Rückschluss darauf zulässt, worauf sie gerade beißen. So machen es nur die alten Hasen!

Aus meiner Sicht muss ein Köder stets gut verfügbar sein, kostengünstig, leicht verwendbar und nicht irgendwie eklig wie die stinkenden Tintenfische. Zudem ist es hilfreich, wenn seine Lockwirkung unterschiedliche Wahrnehmungsbereiche des Fisches anspricht, also Geruch, Geschmack und Optik. Zieht nicht das eine, greift vielleicht das andere. Außerdem sollten die Fische an ihn gewöhnt sein. Und damit komme ich auf einen Universalköder für Friedfische, der durch die Boilieangelei etwas in Vergessenheit geraten ist, den Dosenmais, der all diese Voraussetzungen erfüllt.

Zu haben ist er in jedem Discounter oder Supermarkt für ca. 50 Cent pro Dose. Die reicht für zweimal Angeln in der Regel aus, wenn man jeweils eine gute Handvoll zum Anfüttern rechnet. Mit dem Ring am Deckel ist er ohne Hilfsmittel leicht zu öffnen. Er riecht und schmeckt angenehm und seine gelbe Farbe übt eine zusätzliche Lockwirkung aus. Dies führt zu ganz erstaunlichen Beifängen, da gerade Zander offenbar auf die Farbe Gelb stehen und hin und wieder einer dieser stacheligen Gesellen den nicht für ihn gedachten Köder nimmt. Auch Forellen sind, obwohl sie eigentlich Raubfische sind, so heiß auf die kleinen Körner, dass Mais in fast allen Forellenteichen unter Strafandrohung verboten ist.

Alle Friedfische, vorallem aber Karpfen, lieben die süßen Getreidekörner, sodass man selten als Schneider nach Hause geht, wenn man seinen Haken mit ihnen beködert. Insbesondere in der Zeit nach dem Anangeln findet er bei uns im Verein häufig Anwendung, sodass gefangene Karpfen oft prall mit Mais gefüllt sind.

Trotzdem gibt es immer noch einige Verrückte wie Max, die ihn nicht gebrauchsfertig in Dosen kaufen, sondern als Hartmais im Landhandel. Diese Variante muss zunächst in heißem Wasser quellen und dann ein paar Tage in einem alten Kübel gären, bis er säuerlich stinkt. Angeblich steigen dann die Fangerfolge was ich nicht so recht glauben mag. Vielmehr gerät der Köder schon in die Kategorie „eklig".

Meine Maisreste verfüttere ich am Ende eines Angeltages gern an mein Federvieh, das für eine solche Abwechslung recht dankbar ist. Tatsächlich findet das goldgelbe Getreide bei der Tiermast regelmäßig Anwendung, so sind zum Beispiel Maishähnchen sehr bekannt und beliebt, da sie selbst eine leicht gelbe Farbe annehmen. Die Amerikaner verfüttern dagegen ihre Bestände an die Rindviecher. Da Mais sehr kalorienreich ist, entwickelt das Fleisch eine Fettmarmorierung, die es saftig und wohlschmeckend macht.

Viel zu schade ist das vielseitige Korn für die Verwendung in Biogasanlagen. Ich finde es einfach unanständig, gesundes Essen in Biogas zu vergären, wenn Menschen auf der Welt hungern. Das schert allerdings den Landwirt wenig, solange die Subventionen fließen.

Nicht zuletzt auch der Mensch weiß den Mais zu schätzen. Sei es als Popkorn, als Gemüse oder vom Grill. Das Getreide ist immer gleichermaßen lecker und vielseitig. Insofern deckt sich unser Geschmack hier mit dem der Karpfen und der Nutztiere.

Alle sind irgendwie **heiß auf Mais.**

Kapitel 4

Sportangler

In meiner Jugend sahen sich Angler noch gern als Sportfischer und organisierten sich in Sportfischervereinen. Das war politisch in höchstem Maße unkorrekt, denn Umweltschützer, Ökos und andere Müslifresser haben festgestellt, dass das Fangen und Töten von Fischen kein Sport sein kann. Schließlich sind Tiere keine Sportgeräte. Seither nennen sich die Sportfischer wieder Angler, und ich bin Mitglied in einem Angel- und Gewässerschutzverein. Besser fühle ich mich dadurch nicht, und an der Ausübung meines Hobbys hat sich auch nichts geändert. Aber jetzt ist wieder alles korrekt. Daran ist uns Deutschen sehr gelegen. Deshalb gibt es hierzulande keine Negerküsse mehr, und Zigeunerschnitzel werden demnächst auch verboten.

Dabei ist eigentlich überhaupt nicht einzusehen, weshalb unser Hobby nicht als Sportart anzusehen sein sollte. Immerhin wird Schach seit Jahrzehnten als solche anerkannt, obwohl ich mir kaum eine Tätigkeit vorstellen kann, die weniger sportlich wirkt. Allenfalls noch das Zusehen beim Schachspielen.

Man sollte daher bei der Bewertung der Angelei von einem ganz anderen Gesichtspunkt ausgehen und nicht alles auf die Fische abstellen, zumal sich diese meist ohnehin nicht fangen lassen. So gibt es bei unserem Hobby Bereiche, die nicht das Geringste mit den Flossenträgern zu tun haben. Nicht einmal mit einem Angelhaken. Ich meine das Casting. Hierbei handelt es sich um ein Zielwerfen, das der Tätigkeit der Sportschützen ähnelt. Es gibt sogar eine Zielscheibe. Diese versucht man mit der Angel und einem genormten

Gewicht zu treffen. Mit ein klein wenig Übung wirft man das Gewicht auf 10 Meter Entfernung in einen Eimer. Das macht durchaus Spaß und Mann kann sogar um ein Bier spielen. Letztendlich geht es hier um Geschicklichkeit. Kraft und Technik sind dagegen bei den Weitwurfdisziplinen gefragt. So werden beispielsweise mit einer Brandungsrute schwere Grundbleie fast 200 m weit geworfen. Da wird dem Angler körperlich schon einiges abverlangt. Soweit kann ein Schachspieler sein Brett nicht werfen. Bewegungsablauf und Kraftaufwand beim Weitwurf ähneln dem Hammerwerfen.

Aber auch am Wasser geben unsere Sportfreunde ihr Letztes. Ich meine dabei natürlich nicht jene Sonntagsangler, die mit dem PKW direkt an den Angelplatz fahren, ihre Ruten auslegen und sich den Rest des Tages damit beschäftigen, Bierdosen aufzuziehen, dem so genannten einarmigen Reißen. Vielmehr meine ich die Fliegen- und Spinnfischer, die stundenlang im oder um das Gewässer umherstreifen und einen Wurf nach dem anderen an fängigen Stellen platzieren. Sie klettern über Stock und Stein und waten bis in brusttiefes Wasser, um näher an den Fisch zu kommen. Dabei tragen sie entweder hüftlange Watstiefel, die von Gummistrapsen gehalten werden und bei jungen, gut gebauten Anglerinnen recht attraktiv wirken, oder aber Wathosen. Letztere haben es dermaßen in sich, dass es schon zu tödlichen Unfällen gekommen ist. Rutscht man im tiefen Wasser auf einem glitschigen Stein aus und fällt hin, sammelt sich die in der Hose vorhandene Luft in den Stiefeln, sodass diese im Wasser nach oben steigen. Der Kopf bleibt unten und schon gibt es einen Petrijünger weniger. Wer die komische Variante dieser Szene in Farbe sehen möchte, dem lege ich den auch ansonsten recht netten Film „Ein Goldfisch an der Leine" ans Herz. Diesem Werk kann man zudem entnehmen, welche Strapazen ein Angler auf sich nehmen muss und welche dummen Zufälle ihm zum Erfolg verhelfen. Das Ganze ist sehr wirklichkeitsnah und lehrreich. Unter dem Strich bleibt jedenfalls festzuhalten, dass das Fischen mit der Spinn- oder Fliegenrute durchaus einen sportlichen Charakter hat, etwa vergleichbar mit dem Jagdbogenschießen.

Beachtenswert ist auch die Leistung der Stippfischer. Ihr Sportgerät ist immerhin mehr als doppelt so lang wie ein Stab für den Stabhochsprung, wenn auch federleicht. Zwar springen sie damit nicht über hochgelegte Latten, aber sie hantieren mit diesen Ungetümen stundenlang herum. Allein der Winddruck, der auf solch einer Rute lastet, ist nicht zu unterschätzen.

Natürlich gibt es immer noch eine Steigerung. Die Karpfenangler sind halt immer etwas extremer. Zunächst einmal muss man wissen, dass sich Karpfenangler entlegene Plätze suchen, um ihrem Hobby nachzugehen. Da sie wochenlang vorher anfüttern, möchten sie natürlich nicht, dass ihr Platz dauernd belegt ist, was bei bequem mit dem Auto zu erreichenden Stellen häufig der Fall ist. Die Kollegen sollen ihnen natürlich auch nicht die mühsam angefütterten Fische weg fangen. Außerdem wollen sie sich vor dummen Streichen ihrer Mitmenschen, auf die ich an anderer Stelle eingehe, schützen.

Karpfenangler begnügen sich auch nicht damit, drei Stunden am Wasser zu verbringen, sondern sie bleiben gleich drei Tage. Dementsprechend schleppen sie auch viel Krempel mit sich herum, mindestens so an die 50 Kilo. Dazu gehört Fischfutter für drei Tage, eine komplette Campingausrüstung mit Zelt, Schlafsack und Kocher sowie Proviant. Und selbstverständlich die eigentliche Angelausrüstung einschließlich der schweren Liege. Da natürlich keine Sau diesen ganzen Trödel schleppen kann, wird die Ausrüstung auf eine Art überdimensionaler Schubkarre verladen, mit der der Sportfreund dann um den halben See fährt. Der Auf- und Abbau nebst Verladen nimmt allein mehrere Stunden in Anspruch. Das wirkt alles so ein bisschen wie „Spiel ohne Grenzen", einer früher sehr beliebten Fernsehsendung, bei der Teilnehmer aus verschiedenen Städten einen Hindernisparkour bewältigen und dann unterschiedliche Aufgaben erledigen mussten. Häufig saß dabei einer der Mitspieler in einer Schubkarre und wurde vom anderen über einen schmalen Steg gefahren. Selbstverständlich landeten beide dabei irgendwann im Wasser. Das kann natürlich auch unserem Kollegen passieren, denn seine

Karre ist ebenso unhandlich wie schwer und die Wege sind uneben. Durchgeschwitzt oder durchgeweicht kommt er irgendwann an seinem Futterplatz an. Diese Leistung ist mit einem 3000 m Hindernislauf vergleichbar.

Wahre Kraftakte vollbringen auch die Hochseeangler. Ich meine hier nicht die Kollegen, die auf der Ostsee nach Portionsdorschen fischen, sondern diejenigen, die den wirklichen Giganten der Meere nachstellen, also Haien, Schwertfischen, Rochen oder Heilbutt. Wer nur den Thunfisch aus der Dose kennt, vermag sich nicht recht vorzustellen, dass diese Burschen nicht nur die Größe eines Pferdes erreichen können, sondern auch wie ein solches ziehen. Kinofreunden mag noch „Der weiße Hai" in schlechter Erinnerung sein. Kaum zu glauben, dass schon Exemplare im gleichen Format mit der Angel gebändigt wurden. Nicht ganz so imposant, aber immer noch so groß wie ein Türblatt sind die Heilbutt, die in nördlichen Gewässern gefangen werden. Nicht zu vergessen die Könige der Meere, die großen Schwertfische, insbesondere der blaue und der schwarze Marlin, die im Drill meterhoch aus dem Wasser springen. Den Kampf mit einem solchen Fisch hat Ernest Hemingway in seinem Buch „Der alte Mann und das Meer" beschrieben.

Nicht immer gehen diese Kämpfe mit den Giganten der Meere zu Gunsten des Anglers aus. Haie haben schon unvorsichtigen Petrijüngern schwerste Bissverletzungen zugefügt. Rochen haben mit ihrem Schwanz, Marline mit ihrem Schwert Menschen durchbohrt und getötet und selbst Boote sind vor den Waffen der Schwertfische nicht sicher. Besonders spektakulär sind Unfälle, bei denen der Angler über Bord geht, da er meist sowohl an einem am Boot angeschraubten Stuhl als auch an seiner Rute festgeschnallt ist. Reißen die Halteriemen oder bricht der Stuhl ab, geht der Kollege samt Angel, an der noch ein mächtiger Fisch kämpft, über Bord.

Greifen jetzt nicht blitzschnell helfende Hände zu, ist er weg, der gute Angler.

Nicht zu unterschätzen ist die Leistung der radfahrenden Angler, zu denen ich mich zähle. Wenn man größere Strecken eines Gewässers abklappern will, ist ein Rad recht nützlich. Rute und Kescher hält man in der Hand und das restliche Gerät verstaut man im Einkaufskorb auf dem Gepäckträger. Mit dieser leichten Ausrüstung lässt sich in kürzester Zeit ein See abfischen. Man radelt von einem vielversprechenden Platz zum nächsten und macht überall ein paar Würfe. Mehr Gerät braucht man bei längeren Ansitzen mit mehreren Ruten. Hier ist ein Anhänger gefragt. Ich habe mir, mangels Vertrauen in die Plastikwagen aus dem Baumarkt, einen alten Motorradanhänger aus Holz zugelegt. Sehr robust ist das Teil, allerdings auch so schwer, dass man ihn kaum anheben kann. Voll beladen wiegt er weit über einen Zentner. Geht es dann gegen den Wind bergauf, muss ich mächtig in die Pedale steigen. Dadurch habe ich Waden bekommen, die Jan Ulrich erblassen lassen würden.

Selbst wenn es unserem Hobby immer noch an Anerkennung als sportliche Tätigkeit mangelt, braucht uns das nicht traurig zu stimmen. Denn was sagte Winston Churchill auf die Frage eines Reporters, warum er trotz hohen Konsums an Zigarren und Whisky ein so hohes Alter erreicht hat? „No Sports!" Vielleicht war er Angler?

Kapitel 5

Unter Piraten

Sie glauben, mit Klaus Störtebeker sei der letzte deutsche Freibeuter geköpft worden? Weit gefehlt! Den letzten unserer Piraten habe ich Mitte der 70er Jahren an der Ostsee kennengelernt.

Es war mein letzter Familienurlaub mit Eltern und Schwester. Ich war 17 Jahre alt und fand es abscheulich. Aber was sollte ich machen? Einen Führerschein hatte ich noch nicht, und Flüge zum Ballermann waren für Minderjährige damals noch nicht in Mode. Letztendlich kam auch mein Vater nicht mit, da die Ehe mit meiner Mutter kriselte und schon bald danach geschieden wurde. So kam es, dass ich meinen wohlverdienten Urlaub mit zwei Weibsbildern verbringen musste.

Auch war die Hohwachter Bucht seinerzeit nicht gerade der Mittelpunkt des Universums, sondern hatte für einen Jugendlichen etwa so viel zu bieten wie die Rückseite des Mondes, so dass ich unserem Reiseziel mit sehr gemischten Gefühlen entgegensah. Immerhin hatte ich, wie könnte es anders sein, meine Angelausrüstung dabei. Und so lernte ich nicht nur meine Angelfreunde Lothar, der mir das Kutterangeln zeigte, und Stefan, von dem ich Tipps zum Brandungsangeln erhielt, dort kennen, sondern auch einen Spezi der ganz besonderen Art.

Da ich leider vor Ort feststellen musste, dass kein Angelkutter Hochseefahrten anbot, war ich gezwungen, mein Glück vom Ufer aus zu versuchen. Nun ist man als Angler am Strand zwischen Sandburgen und Strandkörben kein gern gesehener Gast, und so schlenderte ich mit geschulterten Ruten am Flutsaum entlang, um mir ein ruhiges Plätzchen auf einer Mole zu suchen. Wie ich vor mich hin schlenderte, wurde ich unvermittelt von einem älteren Herren angesprochen. Schütteres Haar und wettergegerbtes Gesicht, so stand er vor mir, der letzte Pirat. Er war damals schon weit über 80 Jahre alt, hatte aber von seinem Schwung nichts verloren.

Ich war etwas überrascht, da man in jungen Jahren selten von älteren Herren angesprochen wird, aber als er auf meine Angeln deutete, war das Eis sofort gebrochen. Angeln verbindet eben nicht nur Nationen, sondern auch Generationen. Schnell kamen wir ins Gespräch, und ich schilderte ihm mein Bedauern über die fehlenden Angelkutter. Mit einer einladenden Geste wies er auf ein rot-weißes Boot, das einige Meter weiter auf dem Strand lag. Nicht besonders groß, auch nicht neu, aber mit Rudern, Motor und Segeln fortzubewegen. Ein richtiger Allrounder mit Platz für reichlich Fisch. Schnell hatte er mir das Angeln von der Mole ausgeredet und mich zu einem ganz anderen Unternehmen eingeladen: mein Pirat wollte vor der Küste Aalschnüre legen und das, weil er mich hierfür bereits geködert hatte, im großen Stil. Hundert Haken sollten es sein, und ich sollte die entsprechende Anzahl an Wattwürmern besorgen. Nun ist das Buddeln nach Würmern eine mühselige Angelegenheit. Im Wattenmeer der Nordsee ist es einfacher, da man sie bei Ebbe mit einer Forke ausgraben kann. In der Ostsee findet man diese Köder in mindestens knietiefem Wasser und 30 cm tief eingegraben im Sand. Mit Hilfe eines Plümpers, wie er auch zum Reinigen verstopfter Toiletten benutzt wird, werden die Würmer aus dem Sand gespült. Der Bewegungsablauf ähnelt dem bei der Beseitigung von Verstopfungen. Zurück bleibt ein 30 cm tiefes Loch, neben dem unser Köder liegt und aufgesammelt wird. Weil die Löcher erst nach Tagen verschwinden und leicht Badegäste zu Fall bringen, wird die Wurmbuddelei an Stränden nicht gern gesehen.

Da zudem die Sache wenig einträglich war, ließ ich mir etwas völlig Neues einfallen. Einen Neoprenanzug und eine Schnorchelausrüstung hatte ich mit an die Ostsee genommen, und einen Eimer nebst Kescher hatte mein neuer Freund dabei. Solcherart ausgerüstet schnorchelte ich in das brusttiefe Wasser der ersten Sandbank. Hier sah es schon ganz anders aus: Dicht an dicht waren die Kothäufchen der Wattwürmer am Boden erkennbar! Jetzt fing ich an, wie ein Wilder mit den Taucherflossen auf der Stelle zu strampeln. Auf diese Weise wurde so viel Sand weggespült, dass sich das ganze Wasser eintrübte. Also Pause. Nach einer halben Minute wurde die Sicht wieder besser. Vor meinen Füßen hatte sich ein Loch von 50 cm Tiefe und einem Meter Breite gebildet. Ringsum lagen fünf Würmer, die ich mit dem Kescher einsammelte und in den Eimer verfrachtete. Mit dieser Methode hatte ich bald ausreichend Beute gemacht und hinterließ eine Kraterlandschaft auf der Sandbank als kleinen Muntermacher für die Badegäste. Wer dort reinlatschte, dem stand das Wasser buchstäblich bis zum Hals!

Nun hatte ich erst einmal Pause und konnte mich in der Sonne aufwärmen. Mit einem Neoprenanzug kühlte man zwar langsam, dafür aber gründlich aus. Währenddessen bereitete der Pirat die Aalschnüre vor. Dazu wurden die 100 Haken beködert und die Leine in exakten Schlaufen in eine kleine Kiste gelegt. Darauf kam eine dünne Schicht Sand, damit sich die Schnüre nicht vertüddeln konnten. So kamen Schicht um Schicht beköderte Haken, Leinen und Sand in unseren Karton. Am Anfang wurde noch ein Stein und am Ende ein weiterer Stein sowie eine Boie angebunden und fertig war unsere Fangausrüstung.

Jetzt war es als dem Jüngeren wieder an mir, das Boot zu Wasser zu bringen und durch die Brandung zu rudern, während mein Begleiter den Motor startete und uns zu den Fanggründen steuerte. Natürlich wählte der Chef des Unternehmens den richtigen Platz aus, und schon ging der Stein über Bord. Die immer vorhandene Drift zog Meter um Meter Leine aus der Kiste und nahm zum Schluss auch die

Boie mit. Mit Hilfe mehrerer Landmarken prägten wir uns grob ein, wo unser Gerät versenkt war, dann schipperten wir zurück und verabredeten uns für den nächsten Morgen.

Natürlich war die Spannung groß, als wir uns im Morgengrauen am Strand trafen. Die See war ruhig und das Boot schnell zu Wasser gelassen. Es dauerte eine Weile, bis wir die Markierung wiedergefunden hatten, aber dann konnten wir endlich unsere Fangleine einholen. Etwas enttäuscht waren wir schon, denn die meisten Haken waren leer, abgefressen von den immer hungrigen Krebsen. Für ein Mittagessen reichten die gefangenen Schollen immerhin. Also neues Spiel, neuer Platz, neues Glück. Immer wenn das Wetter mitspielte, legten wir unsere Schnüre, mal mit mehr, mal mit weniger Erfolg. So ging uns einmal ein richtig großer Aal an den Köder und ein anderes Mal erwischten wir einen ganzen Eimer voller Dorsche.

Der Pirat aber wollte mehr, vor allem mehr Aale, die es ihm besonders angetan hatten. Und so lag sein Gedanke nahe, es an einer Stelle zu versuchen, die sonst nicht beangelt wurde: das Schießgebiet von Todendorf! Die Sache hatte allerdings – wie die meisten guten Ideen – einen Haken. Das Schießgebiet war militärische Sperrzone und wurde von Kriegsschiffen überwacht. Jedoch nur während des Schießens. Also einigten wir uns darauf, die Schnüre erst spät abends im Zielgebiet auszulegen und sie sehr früh morgens wieder einzuholen in der Hoffnung, dass dann keiner der „Wachhunde" auf dem Wasser sein würde.

Das Ausbringen der Haken klappte auch wunderbar und ohne Zwischenfälle, sodass wir am nächsten Morgen voll Zuversicht in See stachen. Leider hatten wir die Rechnung ohne den Wirt gemacht. Nicht nur Angler, sondern auch Soldaten sind Frühaufsteher. Gerade hatten wir damit begonnen, unsere Leinen einzuholen, da kam hinter der Spitze der Bucht ein Zerstörer in Sicht. Noch hatte er uns nicht bemerkt! Jetzt aber schnell! Kaum hatten wir den letzten Meter Schnur an Bord, drehte das Schiff auf unsere Richtung ein und nahm

Fahrt auf. Ruckzuck schmiss der Pirat den Motor an und hielt mit dem Boot auf den Strand zu. Nur das flache Wasser konnte uns jetzt noch retten. Der Zerstörer holte schnell auf. Wir konnten bereits die weiße Gischt seiner Bugwelle sehen. Unbeirrt hielt mein Freund auf die Brandung zu. Unser Verfolger hatte sich bereits bis auf 300 Meter genähert, als er plötzlich die Fahrt wegnahm und abdrehte. Ob er zu wenig Wasser unter dem Kiel hatte oder ob es ihm ausgereicht hatte, uns verjagt zu haben – wir würden es nie erfahren. Fröhlich winkten wir ihm nach. Außer ein paar kleinen Schollen hatte uns das Abenteuer allerdings nichts eingebracht.

In der letzten Urlaubswoche wurde das Wetter dann allerdings schlechter, sodass wir nicht mehr mit dem Boot raus konnten. Außerdem war uns der ganz große Wurf auch noch nicht gelungen.

Da verfiel mein Pirat auf einen neuen, verwegenen Plan. Ganz in der Nähe befand sich ein Binnensee mit Meereszugang, der von einem Fischer bewirtschaftet wurde. Wenn man dort mal die 100 Haken…? Gesagt, getan! Zunächst mussten erst mal Köder her. Nicht so einfach, denn das Wasser war durch das schlechte Wetter schon sehr stark bewegt und trübe. So konnte ich unter Wasser die Würmer kaum ausmachen. Außerdem wurde ich von den Wellen laufend abgetrieben. Als ich endlich genug Köder beisammen hatte, war ich halb erfroren. Und fast wäre ich ersoffen, weil ich auf den Rückweg zum Strand immer den Eimer über den Kopf halten musste, damit meine Beute nicht herausgespült wird.

An Land machten wir rasch die Leinen klar und dann ging es zum See. Wie nun die Montage ausbringen? Darüber hatte ich mir noch keine Gedanken gemacht, der Chef des Unternehmens aber schon. „Du hast doch deine Badehose dabei" meinte er. „Also rein ins Wasser und zieh die Aalschnur quer rüber bis zur Mitte!" Mich fröstelte immer noch von der Ködersuche und das vom Wind gepeitschte Wasser sah alles andere als einladend aus. Aber Piratenstreiche sind halt nichts für Weicheier. Daher schwamm ich mit der Schnur im

Schlepptau los, bis alle Haken im Wasser waren. Auf dem Rückweg zum Ufer klapperte ich schon wie ein Schneider und war froh, die Aktion zumindest an diesem Tag hinter mir zu haben.

Am nächsten Tag trafen wir uns schon im Morgengrauen. Der frühe Vogel fängt nicht nur den Wurm, sondern der frühe Angler auch den Fisch. Das würde ebenso der Fischer wissen und zeitig seine Netze und Reusen kontrollieren. Er würde sicher über unsere Aalschnur wenig erbaut sein. Kaum am Ufer, holten wir voll Spannung die Leine ein. An deren Ende zuckte es verheißungsvoll und bald darauf kam die erste Beute an Land. Aale, Flundern und zu unserer großen Überraschung auch große Weißfische bis zu vier Pfund, ein richtiger Raubzug! Fisch auf Fisch wanderte in unsere Tüten. Plötzlich fuhr ein Boot um die 200 Meter entfernte Landzunge. Der Fischer! Hatte er uns bemerkt? Es war noch recht düster und regnete leicht. Im Schatten des Waldrandes würde er uns nicht sehen können. Außerdem war der gute Mann in seine Arbeit vertieft und rechnete nicht mit einem derart dreisten Anschlag. Im Eiltempo holten wir die letzten Meter Schnur ein, bargen die restliche Beute und machten uns mit vier vollen Plastiktüten aus dem Staub. Dass unser Fanggerät durch das schnelle Aufholen völlig vertüddelt war, würden wir verschmerzen können. Hauptsache wir hatten genug Fisch!

Solche und ähnliche Streiche hielten den letzten Freibeuter jung. Um seinen Strandkorb war immer eine mehr oder weniger große Schar junger und alter Menschen versammelt, die ihn auf Trab hielt. Selbst dem weiblichen Geschlecht war er trotz seiner 86 Jahre noch zugetan und das in einer Zeit, als man an Viagra noch nicht einmal gedacht hat. Als er unsere Beute am Strand verkaufte und gerade einen Geldschein im Portemonaie verschwinden ließ, fiel ihm ein Päckchen Kondome in den Sand. Blitzschnell, und ohne dass der Käufer es merkte, hatte er es aufgehoben und wieder in seiner Geldbörse verstaut. Ein Seitenblick zu mir zeigte ihm aber, dass ich den Vorgang sehr wohl bemerkt hatte. Er grinste und zwinkerte mir zu „Wer weiß, wann man die mal gebrauchen kann?" Innerlich wünschte ich ihm viel Glück dabei. Zuzutrauen war es ihm allemal.

Im nächsten Jahr fuhr ich wieder an die Ostsee. Diesmal mit Zelt und eigenem Wagen. Dem alten Mann am Meer ging es unverändert gut und wir unternahmen erneut unsere Fischzüge. Aber der Sensenmann vergisst niemanden. Im darauffolgenden Jahr war der Strandkorb meines Freundes verwaist, sein Boot lag nicht mehr an der gewohnten Stelle, und keiner der gemeinsamen Bekannten wusste, wo er abgeblieben war. Ich für meinen Teil gehe davon aus, dass er zwischenzeitlich in den ewigen Fischgründen des Petrus mächtig aufgeräumt und so manchem blonden Engel die Flügel zerzaust hat.

Kapitel 6

Angefüttert

Anfüttern ist eines der komplexesten Themen beim Angeln. Ganze Bücher und endlose Artikel wurden hierüber bereits geschrieben, sodass ein weiteres Kapitel den Kohl auch nicht mehr fett macht. Außerdem gibt es hierzu so viel Seltsames zu berichten, das ich Ihnen einfach nicht vorenthalten möchte. Dabei ist davon auszugehen, dass das Anfüttern vermutlich nicht von Anglern erfunden wurde.

So gibt es in der Literatur Schilderungen einer listenreichen Lockfütterung, beispielsweise die von Max und Moritz. Bekannt für dumme Streiche, schreckten die beiden nicht davor zurück, die Hühner der Witwe Bolte mittels Brotstückchen anzulocken und dann zu fangen. Letztlich waren sie damit erfolgreich. *"Und vom ganzen Hühnerschmaus guckt nur noch ein Bein heraus,"* bemerkte Wilhelm Busch.

Raffiniert zeigen sich auch unsere Waffen tragenden Verwandten, die Jäger. Dort bezeichnet man das Füttern der Tiere als „Ankirren".
Das Ankirren wird in Jägerkreisen nicht gern gesehen, da das Wild zwecks Abschuss vom Revier des Nachbarn in das eigene gelockt wird, was gemeinhin als niederträchtig empfunden wird. Dennoch ist es weit verbreitet, und Rüben, Kartoffeln und Mais findet man im Winter häufig in Schussweite eines Hochsitzes. Auch Kastanien und Eicheln sind als Lockmittel sehr beliebt. In Jägerkreisen wird diese Art der Anfütterung vornehm als „Hege" bezeichnet. Jäger sehen sich halt gern als Heger und Pfleger. Für die weitere Pflege, beispielsweise der sehr scheuen Wildschweine, haben sie sich wiederum

etwas sehr Pfiffiges einfallen lassen. In eine durchlöcherte Konservendose werden eine Handvoll Mais und ein Zeitmessgerät gefüllt. Sie wird dann verschlossen und an einer Stelle im Wald, an der man die Schweine vermutet, aufgestellt. Die Tiere möchten natürlich an den Mais herankommen und drehen die Dose mit ihrem Rüssel so lange herum, bis die Körner aus den Löchern herausfallen. Dabei wird das Zeitmessgerät aktiviert, sodass der Jäger bei der Kontrolle seiner Büchsen genau ablesen kann, wann und wo die Wildschweine gefressen haben. Wenn er Zeit und Ort kennt, kann er den Schweinen die ihnen zugedachte Pflege angedeihen lassen.

Weniger in den Bereich der Jagd als vielmehr in den der Wilderei fallen zwei Anfüttervarianten, die ich früher praktiziert habe und die ich erwähnen kann, weil die Taten zwischenzeitlich verjährt sind. Eine galt dem Vogelstellen mittels eines Kükenkäfigs. Für diejenigen unter Ihnen, die nicht zur Landbevölkerung gehören: das ist ein Schutzgehege für Junggeflügel, das in etwa so aussieht, wie ein großer Drahtkorb, der ringsum mit engmaschigem Kaninchendraht versehen ist. Drinnen sitzen die Küken geschützt vor Katzen und Raubvögeln. Stellt man nun einen mit einem langen Band versehenen Stock unter den Rand des Geheges, hat man eine schöne Lebendfalle für Spatzen, Tauben oder Wildenten. Zwei Hände voll Weizen unter die Falle gestreut locken die gefiederten Freunde an. Sobald sie sich unter dem Korb versammelt haben, zieht man kräftig an der Schnur, der Stock fliegt weg und die Falle klappt zu. Drinnen sitzt hoffentlich die Beute und wartet auf fachmännische Begutachtung. Solche Späße habe ich früher für Max und seine Freunde veranstaltet. Natürlich wurden hinterher die Vögel wieder frei gelassen.

Bei der anderen Methode wurde es für beide Seiten schon ernster. Ein Fuchs hatte meine Stallungen zu seiner Vorratskammer auserkoren und bereits einige Erpel zum Essen eingeladen. Dann klaute er mir auch noch eine brütende Ente vom Nest. So konnte das nicht weitergehen. Also flugs eine Kastenfalle aus alten Brettern gebaut. Eine neue Falle hätten das scheue Tier misstrauisch gemacht. Alle

Arbeiten führte ich mit Handschuhen durch, damit bloß kein Menschengeruch am Holz haftete.

Da Meister Reinecke, nachdem er die Ente verputzt hatte, jeden Tag Eier aus deren Nest klaute, stellte ich dort in der Nähe die Falle mit geöffnetem Deckel auf. Den nächsten Tag ließ sich der misstrauische Dieb nicht blicken, zwei Nächte darauf schlug er aber wieder zu. Da er zwischenzeitlich das ganze Gelege geplündert hatte, legte ich von nun an immer Eier nach und zwar jedes Mal dichter heran an meine Fuchsfalle. Auf diese Weise beharrlich angefüttert, gewöhnte sich der nächtliche Räuber an die bequemen Mahlzeiten und nach einer Woche nahm er den ersten Köder direkt aus der noch offenen Kiste. Nun war es Zeit, deren Deckel zu schließen und den Happen in den Eingang der Falle zu legen. Das kam dem Fuchs dann doch spanisch vor und er ließ sich tagelang nicht blicken. Doch irgendwann war der Appetit zu groß und das Ei war weg. Jetzt machte ich die Fangeinrichtung scharf und legte den Köder hinter den Auslöser. Schon zwei Tage darauf hatte ich den Übeltäter dingfest gemacht und einem Jäger übergeben. Der versicherte mir, dass es noch nie jemandem gelungen sei, einen so alten Fuchs lebendig zu fangen. Gelernt ist eben gelernt und gut gefüttert ist halb gewonnen!

Im Laufe der Zeit habe ich mit meiner Kastenfalle neben diversen Katzen (inklusive meiner eigenen) auch einen Iltis gefangen, den ich weit abseits meines Stalles in die Natur entlassen wollte, da er bei mir keine Schäden verursacht hatte. Also lud ich ihn samt Falle in meinen Variant, um ihn zu einem entlegenen Plätzchen zu bringen. Das nahm er mir krumm und hinterließ eine derart üble Duftmarke, dass der ganze Wagen wochenlang sprichwörtlich wie ein Iltis stank. Die Fangeinrichtung wurde den Geruch nie wieder ganz los. Ich habe sie häufiger an Bekannte, die mit Marderproblemen zu mir kamen, verliehen. Die übelriechende Falle auf dem Dachboden aufgestellt, vertrieb zuverlässig jeden unliebsamen Gast.

Nach dieser kleinen Exkursion kommen wir wieder zu den Fischen und den Tricks, wie ihnen beizukommen ist. Dazu muss man wissen, dass sich grundsätzlich alle Flossenträger anfüttern lassen, einige direkt, andere dagegen indirekt. Räuber kann man natürlich anlokken, indem man große Mengen toter Fische ins Wasser wirft. Diese sind allerdings selten in ausreichender Anzahl verfügbar und werden zudem gern von Krebsen und Wasservögeln weggefressen. Praktischer ist es daher, jeden Tag Paniermehl ins Gewässer einzubringen, um das sich dann Kleinfische balgen. Hechte werden sich dann bald ebenfalls dort einfinden, um nach dem Rechten zu sehen.

Friedfische werden dagegen direkt mit dem Köder angefüttert, mit dem man später zu angeln gedenkt. Damit sie sich schon mal an die Nahrungsumstellung gewöhnen, wird tage- oder auch wochenlang vorgefüttert. Seit dies mit Boilies und Pellets geschieht, purzeln bei Karpfen- und Welsanglern die Rekorde. Die Fische werden mit dem extrem proteinhaltigen Futter regelrecht gemästet. So mancher Rekordfang sieht daher aus wie ein Mastschwein und nicht wie ein Wasserbewohner. Da solche Burschen dann ungenießbar sind, werden sie nach dem obligatorischen Fototermin wieder ins Wasser entlassen, was Tierschützer und Richter auf den Plan gerufen hat, da nach deren Auffassung das Fangen von Fischen nur dann zu rechtfertigen ist, wenn man sie hinterher auch essen will. Zwischenzeitlich sieht man die Sache nicht mehr ganz so eng. Vermutlich hat ein Richter mal so einen alten Moosrücken auf dem Teller gehabt und träumt von dieser Mahlzeit heute noch schlecht.

Interessant sind schon die Geräte, mittels derer das Futter ins Wasser eingebracht wird. Nur Naivlinge würden vermuten, dass dies mittels zweier gesunder Hände geschieht. Wo bliebe da die Angelgeräteindustrie? Diese hat uns zu jenem Zweck mit vielen segensreichen Erfindungen beglückt.

Da gibt es Zwillen (falls Sie diesen Begriff noch aus Ihrer Kinderzeit kennen), mit denen man nicht nur auf Enten und Ratten schießen kann, sondern die sich auch dazu eignen, Maden, Boilies oder

Paniermehl ins Wasser zu feuern. Dabei gibt es für jedes Lockmittel ein besonderes Körbchen an der Zwille. Verpönt ist es daher, Maden mittels eines Boiliekörbchens in den Teich zu katapultieren. Die modernen Schleudern haben eine enorme Zugkraft und schießen pflaumengroße Boilies bis zu hundert Meter weit. Mit so einem Ding hätte David seinen Widersacher Goliath in Nullkommanix von der Platte gefegt. Deshalb erfreuten sie sich zeitweise bei militanten Demonstranten großer Beliebtheit, dann allerdings mit Stahlkugeln bestückt.

Gefragt sind auch schaufelähnliche Instrumente mit langem Stiel, mit Hilfe derer der Sportfreund auch große Mengen Futter in hohen Bogen ins Gewässer werfen kann. Einige Spezialisten bringen so eimerweise Köder ein, sodass zu befürchten steht, dass sie den See irgendwann noch völlig zuschütten werden. Ähnlich zu handhaben sind gebogene Futterrohre, die dazu benutzt werden, die runden Boilies wie mit einem verlängerten Arm durch die Gegend zu schleudern. Nicht zu vergessen sind Futterraketen, die mit einer Angel geworfen werden und die sich im Wasser öffnen, um ihren Inhalt freizugeben. Sie sehen, alles ist technisch durchdacht.

Der neueste Gag sind ferngesteuerte Boote. Dabei handelt es sich um richtig kleine Lastkähne, die eine Ladung von bis zu einem Kilo Futter transportieren und direkt am vorgesehenen Angelplatz abkippen können. So werden nach und nach große Mengen Lockmittel per Schiff verklappt. Mit der letzten Fahrt wird auch der beköderte Haken ausgebracht, der dann direkt auf einem Berg von Mais liegt. Bin ich eigentlich der Einzige, dem das völlig verrückt vorkommt?

Die Verwendung dieser Boote hat, wie könnte es bei der Angelei anders sein, einen Haken, und zwar einen lebensgefährlichen. Diese schwimmenden Transporter sind recht teuer, so um die 500 Euro, und die Akkus halten nicht ewig. Ist der Saft alle, wenn der Kahn an Land ist, macht das nichts, übel nur, wenn es weit draußen beim Abkippen der Ladung passiert. Da nur in Ausnahmefällen damit zu rechnen ist, dass Lloyd helfend einspringt, droht ein Totalverlust von Schiff und Ladung. Das – und möglicherweise die geistige Umnachtung durch übermäßigen Alkoholgenuss – hat schon manchen Petrijünger veranlasst, die Rettung des havarierten Stückes schwimmend in Angriff zu nehmen. Nun zählt die Angelei nicht wirklich zu den Wassersportarten und manch Kollege kann halt besser fischen als schwimmen. So ist denn auch schon der eine oder andere bei einer solchen Aktion elendig ersoffen. Man liest es leider immer wieder.

Als Anwalt fragt man sich natürlich, ob auf dem Boot ein entsprechender Warnhinweis angebracht ist, etwa „Nicht zu bergen mit Seepferdchen-Schwimmschein!" oder „Nur an Land zu holen durch Rettungsschwimmer!" Ohne einen solchen Hinweis lassen sich vielleicht Schadensersatz- oder Schmerzensgeldansprüche durchsetzen. Ich werde die Sach- und Rechtslage eingehend prüfen!

Auch ansonsten ist das Angeln nicht ungefährlich! Neben den Unfällen durch Wathosen werden immer wieder Todesfälle durch Fische verzeichnet. Große Welse, diese Burschen werden bis zu drei Meter lang und 150 Kilo schwer, fressen nicht nur Dackel, sondern ziehen bisweilen auch Petrijünger mitsamt Gerät ins Wasser. Diejenigen, die ihre Rute nicht loslassen wollen oder die sich in der Schnur verheddert haben, geraten in akute Lebensgefahr! Besondere Risiken birgt auch die Hochseeangelei. Schwert- und Speerfische durchbohren immer wieder Angler und Boote, teilweise mit tödlichem Ausgang. Nicht zu unterschätzen sind Bissverletzungen durch Haie oder Stiche von Rochen. Unfallträchtig sind auch die langen, Strom leitenden Kohlefaserruten. Ein Blitzschlag oder das Berühren von Hochspannungsleitungen haben schon üble Folgen gehabt. Dass die Gefahren seines Sportes nur noch mit dem Fallschirmspringen oder U-Bahn-Surfen vergleichbar ist, sieht man dem harmlos auf seinem Stuhl sitzenden Karpfenangler gar nicht an.

Zurück zu den Maisbergen. Die machen natürlich nur dann einen Sinn, wenn sich Haken und Köder in unmittelbarer Nähe befinden.

Da die Bergspitzen meist nicht aus dem Wasser ragen, sind sie leider nicht zu sehen und deshalb nicht zuverlässig anzuwerfen. Hier hilft sich der Sportfreund mit einer Boie oder, sofern er über Nacht bleibt, mit einer Leuchtboie, die den richtigen Platz markiert. Fehlt nur noch, dass für Nebel eine Heulboie auf den Markt gebracht wird.

Nun gibt es immer wieder Scherzbolde, die mit solchen Markierungen ihren Schabernack treiben. Beliebt ist es vor allem, den Schwimmkörper nebst Anker zu versetzen. Der so genarrte Kollege angelt folglich am falschen Platz. Übler – und unter Aspekten des Naturschutzes nicht zu vertreten – ist es, die angefütterte Stelle nachhaltig zu vergällen, etwa mit einem WC-Stein, der mittels einer Zwille an die Boie geschossen wird. Dort lässt sich dann tagelang kein Karpfen mehr blicken. Methoden herrschen in manchen Kreisen, man mag es kaum fassen! Vermutlich gehören solche Geschichten ins Reich der Fabel.

Nachdem Sie nun wissen, wie das Futter in den Teich gelangt, sollten Sie auch erfahren, was hier so alles Verwendung findet.

In grauer Vorzeit bediente man sich der Produkte der heimischen Landwirtschaft. Geeignet waren gequollener Weizen und Mais. Besonders beliebt – der alte Fritz hätte sich im Grabe umgedreht – sind gekochte Kartoffeln in Walnussgröße. Auch altes Brot und Brötchen erfüllten ihren Zweck. Schon seltener verwendete man Bohnen oder Erbsen, da unsere Vorfahren diese lieber in der Suppe verdrückten. Seit der Erfindung der Boilies (engl. to boil = kochen) werden fast ausschließlich diese, im Wesentlichen aus Eiern, Gries und Milcheiweißpulver bestehenden harten Kugeln verwendet. Hergestellt werden sie aus einem Teig, der zu Kugeln geformt, ähnlich wie Klöße gekocht und dann getrocknet wird. Es gibt Boilies in Größen von Kirsch- bis Pflaumenformat und in Geschmacksrichtungen von Erdbeer über Sahnekaramell bis hin zu Tintenfisch und Scampis (mit und ohne Knoblauch). Nun haben diese Köder den Nachteil, recht kostspielig zu sein, was besonders dann zu Buche schlägt, wenn die

Dinger kiloweise zum Anfüttern benötigt werden. Ein proteinhaltiger, aromatischer, stets verfügbarer und bezahlbarer Ersatz musste also her. Dieser fand sich in der Hundefutterabteilung der Supermärkte: Frolic! Sollten Sie einen Nachbarn sehen, der diese in großen Mengen kauft, obwohl er keinen Vierbeiner zu Hause hat, ist anzunehmen, dass es sich um einen Karpfenangler handelt. Dieser aus der Not geborene Köder fängt zwischenzeitlich beachtliche Stückzahlen kapitaler Muffmolche. Allerdings findet er auch außerhalb des Wassers seine Liebhaber.

An unseren Vereinsteichen gibt es inzwischen viele Hundebesitzer, deren Lieblinge sich auf Angler spezialisiert haben und regelmäßig die Rucksäcke durchschnüffeln. Sie geben erst Ruhe, wenn sie ihren Frolic bekommen haben. Hunde sind halt Opportunisten und nutzen jede Gelegenheit zum Nahrungserwerb. Einen habe ich sogar erlebt, der regelmäßig dem ausgeworfenen Köder hinterher springen wollte und sich dabei wie ein Berserker gebärdete. Auch unser Familienhund Benno ließ sich keine Gelegenheit entgehen, meine Ausrüstung zu inspizieren, um einen Frolic zu ergattern. Die Findigkeit, die er dabei entwickelte, stand der bekannten Fernsehwerbung für diese Leckerlis nicht nach. Kein Wunder also, dass auch die Karpfen zu diesem Köder nicht „Nein!" sagen können.

Kapitel 7

Watt is hier los!

Das könnte ein Einheimischer einem Touristen, der zum ersten Mal in seinem Leben in Ostfriesland über den Deich schaut, auf dessen erstaunte Frage „Was ist denn hier los?" antworten. Denn es ist gerade Ebbe und am Meer ist kein bisschen Meer mehr, sondern nur noch Schlick zu sehen. Das Watt eben. Und hieran wird sich auch in den nächsten Stunden nichts ändern. Ein Meer ohne Wasser ist natürlich ein Alptraum für jeden Angler!

In diese Lage war ich durch Carolins Eltern gekommen, die sich Anfang der 90er Jahre eine Ferienwohnung in Butjadingen gekauft haben. Dort wurde der Schlick offenbar erfunden, und es wird durch die Weservertiefung jedes Jahr schlickiger. In einem benachbarten Strandbad war es schon so schlimm, dass man bis in den Schritt im Watt versackte. Badende, die aus dem Wasser kamen, sahen aus, als hätten sie schwarze Strapse an, was allerdings nur bei jüngeren Frauen wirklich interessant wirkte.

Nun war die Wohnung also da und wurde den Kindern der Familie großzügig zur Mitnutzung zur Verfügung gestellt. Irgendwann waren dann meine Frau Carolin und ich dran und machten uns mit unserem Sohn Max auf den Weg zur Küste. Nicht fehlen durfte Familienhund Benno, der sich im Laufe der Jahre derart an diese Kurzurlaube gewöhnte, dass er bereits morgens bei der Verladung des ersten Gepäckstückes in den Wagen sprang und dort solange ausharrte, bis es endlich losging. Nur nicht den treuen Hund vergessen! Pech hatte er allerdings, wenn ich mich erst am Nachmittag im Büro loseisen konnte.

Die Anreise war seinerzeit etwas umständlich, da es den Wesertunnel noch nicht gab und man den Fluss mittels einer Fähre überqueren musste. Das war eigentlich ganz gemütlich, weil man auf dem Schiff noch eine Bockwurst essen konnte – Benno legte immer großen Wert auf die Wurstzipfel – und wir den Getränkevorrat aufstocken und die bereits getrunkenen Biere oder Brause wegbringen konnten. Leider gab es zu den Ferienzeiten oftmals lange Wartezeiten an der Fähre. Seitdem es den Tunnel gibt, ist es mit der Warterei ebenso vorbei wie mit der Bockwurst.

Nun beschränkten sich meine Nordsee-Erfahrungen auf die ostfriesischen Inseln, die zwar auch eine Wattseite haben, die man aber kaum zu Gesicht bekommt, da sich die Badestrände natürlich auf der schöneren Seeseite befinden. Daher war ich doch recht geschockt, als wir unser Reiseziel zum ersten Mal erreichten. Im Hafenbecken war kein Wasser und die Krabbenkutter lagen wie gestrandet direkt im Schlick. Auch am „Strand," der hier aus Rasen bestand, bot sich das gleiche Bild: kilometerweit eine einzige Schlammwüste, durch die sich wie ein kleines Rinnsaal ein einzelner Priel zog. So hatten wir uns das Meer nicht vorgestellt! Es war jetzt im Herbst ohnehin nicht die rechte Zeit für einen Urlaub an der Küste. Trotzdem übertraf der Anblick, der sich uns bot, unsere schlimmsten Erwartungen. Zudem wurde gerade der Deich erneuert und so hatten wir auch noch eine riesige Baustelle direkt vor der Haustür.

Im Anschluss an dem Deich folgten Schafweiden, die bis vor kurzem intensiv genutzt worden waren und auf denen sich noch reichlich Hinterlassenschaften der Tiere befanden. Dann kam schon das Wasser, das eigentlich nie da war. Im herbstlichen Regen konnte man kaum unterscheiden, wo die aufgeweichte Schafscheiße und die Pfützen aufhörten und der Schlick anfing. Vermutlich gingen deshalb immer wieder Menschen im Watt verloren. Jedenfalls bot das Ganze einen recht trostlosen Anblick.

Vor Ort wurde auch ansonsten nicht viel geboten. Es gab nur eine

Fischerkneipe, in der Flaschenbier ausgeschenkt wurde und in der die Luft so verräuchert und pommesfettgeschwängert war, dass man seine Kleidung nach dem Kneipenbesuch zu Hause auf dem Flur ausziehen und in Plastiktüten verpacken musste, damit nicht auch noch die eigene Wohnung nach frittierten Zigaretten roch. Besucht wurde das Lokal hauptsächlich von einheimischen Fischern und Campern, die am liebsten unter sich blieben und mit uns Touristen nicht viel am Hut hatten.

Immerhin war die Wohnung ganz schön, und es gab vor Ort leckere Brötchen und Krabben zu kaufen. Außerdem kam man zu Hause mal raus und konnte sich von der gesunden Seeluft durchpusten lassen. Auch Benno liebte die langen Spaziergänge am Meer. Folglich fuhren wir jedes Jahr mehrfach für einige Tage nach Butjadingen. Irgendwann war der Deich fertig, die Badeorte wurden zusehends verschönert, und in der Hafenkneipe gab es Bier vom Hahn, so dass wir uns immer wohler fühlten. Der große Durchbruch kam allerdings erst, als ein findiger junger Mann auf die Idee kam, einen Bierwagen im Hafenbereich aufzustellen und mittels einiger Bierzeltgarnituren für Sitzgelegenheiten zu sorgen. Die Bierbude wurde der Renner schlechthin (im Internet ist sie unter *www.diebierbar.de* zu finden), denn hier konnten auch Touristen an der frischen Luft ein gezapftes Bier mit den Einheimischen trinken und mit vielen Menschen ins Gespräch kommen. Schnell freundeten wir uns mit dem Wirt an, der zwischenzeitlich seine Urlaube mit unseren Besuchen finanzieren kann. Je mehr Leute wir kennenlernten, desto netter wurden die Urlaube.

Natürlich wollten Max und ich unbedingt den heimischen Fischen nachstellen. Zu diesem Zweck schauten wir erst einmal den Kollegen über die Schulter. Da waren zunächst die Kinder, die regelmäßig am Sieltor saßen, aber außer Stichlingen nichts fingen. Hier konnten wir nichts abkupfern. Dann war da noch ein Sportfreund, der im Hafenbecken sein Glück mit einer Stippangel und Brötchenteig versuchte. Max und ich sahen uns nur an. Offenbar ein Vollidiot.

Vielversprechender wirkten zwei zünftig gekleidete Männer mittleren Alters, die sich gegen Abend mit Vollausrüstung ans Wasser begaben. Den beiden hefteten wir uns an die Fersen. Und tatsächlich handelte es sich um zwei Butjenter, die auch bereitwillig Auskunft über die besten Fangzeiten, Köder und Methoden erteilten. Auf diese Weise bestens mit guten Ratschlägen versehen machten Max und ich uns auf, um der Nordsee ein paar Aale zu entlocken.

Ausgerüstet mit Grundruten, Getränken und zwei Tüten Nordseekrabben, die an der Küste aus unerfindlichen Gründen „Granat" genannt werden (ihre Kutter nennen sie aber Krabben- und nicht Granatkutter), und einigen Dosen mit Würmern, suchten wir uns ein schönes Plätzchen an der Hafeneinfahrt. Mein Sohn hatte, um sich die Zeit zu vertreiben, auch noch einen Kescher, zwei Eimer und eine Krebsangel – eine Leine mit einer Wäscheklammer, in die eine Krabbe als Köder geklemmt wurde – dabei.

Da das Wasser nur sehr langsam auflief, hatte ich alle Zeit der Welt, meine Ruten zu montieren und auszuwerfen. Bevor alle Ruten im Wasser waren, hatte Max schon den ersten Eimer voller Krebse gefangen. Diese robusten und wehrhaften Tiere erfreuen sich seit jeher großer Beliebtheit bei Kindern. Weniger erbaut sind Angler und Berufsfischer von diesen gepanzerten Burschen, fressen die Krebse doch im Nu die Köder ab und beschädigen Reusen und Netze. Zum Essen sind sie, anders als ihre großen Verwandten die Taschenkrebse, von denen die berühmten „Knieper" stammen, nicht geeignet.

Nachdem wir die Angeln ausgelegt hatten, blieb uns Zeit zum Krabbenpulen. Während einer dreistündigen Angelsitzung brauchen wir jeder ein gutes Pfund dieser Leckerei. Da die Ruten alle 10 Minuten eingeholt werden müssen, weil die Krebse so lange benötigen, um einen fetten Wurm zu verdrücken, ist man also rundum beschäftigt. Ab und an fingen wir auch einen Aal, leider meist kleinere Exemplare. Doch das Vergnügen war nur von kurzer Dauer. Schon nach knapp drei Stunden war das Wasser soweit zurückgegangen, dass ein weiteres Angeln nicht mehr möglich war. Immerhin waren unsere Krabben inzwischen aufgegessen, so dass wir gutgelaunt nach Hause gehen konnten. Die Bierbude wartete! Die Bierbude und die Fischerkneipe waren auch Bennos Lieblingsplätze, denn hier konnte er immer ein Leckerli oder ein paar alte Fritten abstauben. Auch gab es viele andere Hunde, die diese Orte aus gleichem Grund zu schätzen wussten. Für tierisch gute Unterhaltung war also immer gesorgt. Kein Wunder, dass unser Vierbeiner auf jedem Spaziergang dort einkehren wollte. Richtig interessant wurde es während der Hafenfeste, da dann noch weitere Bierwagen am Wasser standen.

Bei solcher Gelegenheit hat mich Benno richtig reingerissen. Carolin und ich wollten an diesem Tag eine Tour die Küste entlang unternehmen. Ich hatte daher meine Schwiegermutter gebeten, zwischendurch mal mit dem Hund rauszugehen. Abends beklagte sich Ingrid dann bei uns: „Mit eurem blöden Hund kann man überhaupt nicht spazieren gehen! Der zieht ja in jede Kneipe und zu jedem Bierwagen!" Die Macht der Gewohnheit. So etwas nennt man auch einen „Verräterischen Hund!"

Diese Angewohnheit unseres Vierbeiners rückte mich aber nicht nur in schlechtes Licht bei meinen Schwiegereltern, sondern hatte auch ihre guten Seiten. Da ich ein Nachtmensch bin, musste ich abends immer eine späte Runde mit dem Hund drehen, damit wir morgens lange ausschlafen konnten. Da im Hafen um diese Zeit nichts mehr los war, konnte ich ihn frei und ohne Leine laufen lassen. Benno landete dann zuverlässig in der Fischerkneipe, deren Tür nie verschlossen war. Sobald er vor der Theke auftauchte, schenkte der Wirt, der ihn schon kannte, ein Bier für mich ein. Das stand dann frisch gezapft auf dem Tresen, sobald ich auftauchte. „Das hat dein Hund schon mal für dich bestellt!" hieß es dann bloß.

Doch genug vom Bier und zurück zu den Fischen. Unsere Angelnachmittage im Hafenbecken wurden mit der Zeit immer langweiliger, da sich kaum noch ein Aal fangen ließ. Grund hierfür ist die durch die Weservertiefung zunehmende Verschlickung des Watten-meeres, die auch den Krabbenfischern zu schaffen macht. Die Hafen-einfahrt und der Hafen selbst sind inzwischen so voller Schlick, dass die Kutter fast nur noch bei Hochwasser fahren können. Und Fisch verirrt sich kaum hierher.

Irgendwann konnte mir auch das Krabbenpulen nicht mehr die Zeit vertreiben, und was Rechtes für die Pfanne gab es auch nicht mehr. Umso interessanter fand ich daher, dass sich auf einmal Neuan-kömmlinge zeigten. An den Spundwänden im Hafen saßen gut sicht-bar fette Austern, die allerdings ohne Boot nicht erreichbar waren. Der Sache musste ich natürlich auf den Grund gehen! Am Fuß der Steinmolen wurde ich schließlich fündig. Kaum sichtbar und den Steinen gut angepasst saßen dort die handtellergroßen Muscheln. Schnell hatte ich eine satte Portion gesammelt und mit klarem Salz-wasser bedeckt, damit sie frisch blieben und Sand "ausspucken" konnten. Für den nächsten Tag kündigte ich frische Austern als Vor-speise an. Carolin schüttelte sich.

Da ich weder über ein Austernmesser noch einen Metallhandschuh zum gefahrlosen Öffnen meiner Beute verfügte, mussten ein Aus-beinmesser und ein Lederhandschuh als Ersatz herhalten. Vorsichtig knackte ich damit die ersten Muscheln auf. Mit etwas Zitrone schmeckten sie köstlich. Meiner Frau gruselte es allerdings schon beim Zusehen. Bei der fünften Auster passierte es dann: das Messer rutschte an der Schale ab und durchbohrte Handschuh und Daumen, sodass die Klinge oben aus dem Leder wieder herausschaute. Carolin hatte von meinen Künsten nun endgültig genug und war auch nicht bereit, die stark blutende Wunde zu versorgen. Auf ihrer Stirn prang-ten die Worte „Selber schuld!" wie einst die Flammenschrift an der Wand von Belsazar. Mitleid empfand sie offenbar nicht, sodass ich mir weiteres Gejammer ersparte und nur den Dolch aus dem Daumen zog und den Schnitt mit einem Handtuch umwickelte. Als guter Verlierer brachte ich die restlichen Muscheln zurück auf die Mole. Seither pule ich wieder Krabben beim Angeln im Hafenbecken.

Kapitel 8

Vorratshaltung

In schlechten Zeiten ist es seit jeher hilfreich gewesen, einen anständigen Lebensmittelvorrat im Hause zu haben. Während des kalten
Krieges horteten Übervorsichtige und Verwirrte ganze Keller voll
Konserven sowie Getränken und stapelten das Brennholz meterhoch
in der Scheune. Heutzutage ist es so einfach wie nie zuvor, sich einen
Vorrat anzulegen, beispielsweise durch Einfrieren. Allerdings sind
inzwischen die Zeiten nicht mehr gar so schwierig, sodass die La-
gerhaltung von Lebensmitteln nicht mehr überlebenswichtig erscheint. Wie leicht der Schein trügen kann, erfuhr ich am 12.09.2001.
Probehalber versuchte ich an diesem Tag, Heizöl zu bestellen. „Nicht
zu bekommen!" hieß es bei mehreren Lieferanten. So können unvor-
hergesehene Ereignisse in unserer modernen Welt plötzlich zu Eng-
pässen führen.

Praktisch ist es, wenn man wie ich sein eigenes Geflügel züchtet. Der
Lebendvorrat erfreut sich seines Daseins und hält den Rasen kurz.
Habe ich Appetit auf Hähnchen oder Ente, gehe ich nicht in den
Supermarkt, sondern in den Garten und fange ein passendes Exemplar für den nächsten Tag. Frischer und besser geht es nimmer. Und
für den Notfall friere ich ein paar gefiederte Freunde ein, denn nicht
immer, wenn ich Hunger habe, mag ich auch schlachten.

Unbedingt notwendig ist natürlich eine Vorratshaltung bei guten
Weinen, da diesen einige Jahre Lagerung sehr gut bekommt. Dies
wusste auch mein Vater, und so hatte er außer den „normalen"
Flaschen auch eine (!) Flasche eines ganz exklusiven Weines für

ganz besondere Zwecke im Keller eingelagert. Er war halt zeitlebens äußerst knauserig. Die Zeit verging, die Anlässe kamen, aber keiner war gut genug für die teure Flasche. Nicht nur der Wein, auch meine kleine Schwester Patricia wurde immer älter. Irgendwann trank auch sie Alkohol, am liebsten süßen Wein oder Sekt. Sie machte da kein langes Gewese. War der Wein zu sauer, gab sie zwei Löffel Zucker rein. Oder Natreen! Irgendwann war die Flasche meines Vaters weg. Nachforschungen ergaben, dass meine Schwester mit ihrer Freundin eine Pfirsichbowle zubereitet hatte, die der gute Wein offenbar zum Opfer gefallen war. Auf die Vorhaltungen meiner Eltern hin versicherte Patricia treuherzig, dass ihr die Bowle ganz fantastisch geraten sei.

Auch bei selbstgeangelten Fischen ist eine gewisse Vorratshaltung manchmal hilfreich, damit das geplante Fischessen am Karfreitag nicht an der Erfolglosigkeit des Anglers scheitert. Nichts ist schwieriger, als einen Fisch unbedingt fangen zu müssen, zumal es ja eine genießbare Sorte sein sollte. Mit einem Dutzend handlanger Plötzen möchte man sich vor der Familie schließlich nicht blamieren. Wohl dem, der noch einen großen Zander in der Truhe hat!

Mein Problem war es dagegen häufig, Fische loswerden zu müssen und zwar solche, die kulinarisch nicht jedermanns Sache waren. Auch hier hat es einen Wandel gegeben. Galt früher ein Karpfen noch als das Highlight schlechthin für festliche Anlässe wie Weihnachten oder Neujahr, muss es heute ein Lachs sein. Den Muffmolch will keiner mehr. Glücklich der, der eine Oma hat, die diesen Fisch noch zu schätzen weiß. Meine hieß Käti. Manchmal nannten wir Kinder sie auch „Lurchi" auf Grund des Geschäftes für Salamander-Schuhe, das sie früher betrieben hatte.

Käti bewohnte mit ihrem Freund Walter ein eigenes Haus mit großer Kühltruhe im Keller. Da sie sich stets freute, ihren Enkel zu sehen, nahm sie bereitwillig den Karpfen in Kauf, den ich ihr jedes Mal als Geschenk mitbrachte. Als Gegenleistung erhielt ich meist eine Tafel

Schokolade oder eine Aufbesserung des immer knappen Taschengeldes. Daher war ich der Auffassung, dass die Fische willkommen waren. Auf Nachfragen meinerseits meldete sie stets weiteren Bedarf an. Tatsächlich sah ich sie hin und wieder einen meiner Fänge verspeisen, wobei Walter stets über die vielen Gräten mäkelte. Lurchi wies ihn dann meist mit dem Hinweis zurecht, dass ein Karpfen schließlich etwas Gutes sei und erinnerte ihn an die schlechten Zeiten, in denen man sich die Finger nach einem so schönen Fisch abgeleckt hätte. Walter goss sich daraufhin noch etwas braune Butter über das Essen und gab Ruhe. Die Kriegsgeneration liebte halt fettreiche Nahrung und ließ nie etwas umkommen. Nicht einmal einen grätigen Muffmolch.

So lieferte ich jahrelang als Schüler, als Soldat, später als Student und zuletzt noch als Rechtsanwalt meine Fänge bei Käti ab. Hieran änderte sich auch nach dem Tod ihres Walters nichts. Als sie jedoch selbst in hohem Alter verstarb, erbte meine Mutter eine ganze Kühltruhe voller Karpfen.

Kapitel 9

Frische Fische

Das Geheimnis meiner Gesundheit und Jugend? Es ist ein einfaches Lebensmotto: Ich esse keine fremden Fische, ich esse keine fremden Enten und, ich schlafe nicht mit fremden Frauen. Dann weiß man immer, woran man ist. Und meinen Fisch mag ich frisch, allenfalls noch fangfrisch eingefroren.

Das hat zur Folge, dass bei uns kaum Exoten auf den Tisch kommen. Warum auch sollen wir den Afrikanern ihre Viktoriabarsche und den Asiaten ihre Pangasiusfilets wegfressen, wenn es reichlich heimischen Fisch gibt? Damit wir ihnen hinterher andere Lebensmittel schicken müssen, um sie vor dem Verhungern zu bewahren? Macht doch irgendwie keinen Sinn!

Überhaupt hat sich der Geschmack der Verbraucher im Laufe der Zeit stark verändert. Früher hat der billige Salzhering große Teile der Bevölkerung ernährt. Edelfische wie Lachs, Forelle und Stör waren nur für die Fürstenhäuser. Die Abfälle wie etwa Fischeier (Kaviar) waren ebenso ein Essen für die Armen wie die Austern. Heute gelten Austern als luxuriös, und Kaviar ist fast unbezahlbar. Dagegen sind Forellen und Lachse, weil sie leicht in Farmen gezogen werden können, inzwischen billige Massenware, preiswerter als Hering. In den 60er Jahren gab es in piekfeinen Restaurants Aquarien, in denen lebende Forellen gehalten wurden. Bestellte man Forelle „blau" oder „Müllerin", kescherte der Koch einen Fisch aus dem Wasser und bereitete ihn anschließend zu. War ein bisschen gruselig, damals aber der absolute Renner. Insbesondere wir Kinder wollten natürlich immer den Tisch am Aquarium haben, um unser Abendessen noch mal schwimmen zu sehen. Heute lockt dagegen die blaue Forelle keinen Hund mehr hinter dem Ofen hervor. Wann haben Sie das letzte Mal eine gegessen?

Bei Lachsen versucht man inzwischen das Billigimage zu umgehen, indem man ihn als Wildlachs anpreist. Meist allerdings zu Unrecht denn wirkliche Wildfänge sind selten. Man kann den Unterschied leicht erkennen. Im Gegensatz zu dem etwas blass rosa farbenen Wildlachs sind die Fische aus Farmen kräftig orange. Ein anderes Imageproblem sind unpopuläre Namen. Wer will schon einen Pollack oder Köhler essen? Also vermarktet man ihn als „Seelachs". Würden Sie denn eine Scharbe oder Kliesche probieren? Haben Sie vielleicht aber schon, nur hieß sie auf der Speisekarte „Limandes". Auch Haie erfreuen sich keiner großen Beliebtheit in der Küche, obwohl die geräucherten Bauchlappen des Dornhais als „Schillerlocken" recht beliebt sind und der Rest dieses Fisches als „Meer-Aal" noch gut an den Mann zu bringen ist. Der Ruf der Haie ist spätestens seit dem „Weißen Hai" völlig ruiniert.

Ebenfalls durch einen Film in Verruf geraten ist der Aal. Die Pferdekopfszene der „Blechtrommel" hat so manch einem den Appetit verdorben. Leider hat das diesen Fisch nicht davor bewahrt, kurz vor dem Aussterben zu stehen, was allerdings nicht auf die Fänge der Angler zurückzuführen ist. Vielmehr gefährden die Abfischung der Glas-Aale durch Spanier und Franzosen, die Zerstückelung der Fische durch Turbinenkraftwerke und der Kormoran, den Schwachköpfe wider besseren Wissens zum Vogel des Jahres 2010 gewählt haben, die Bestände.

Insbesondere der Vogel des Jahres erhitzt dabei die Gemüter, weil die Angler diese Wahl zu Recht als reine Provokation empfinden, da der Kormoran ganze Gewässer leer fischt. Dabei scheinen Aale seine Leibspeise zu sein. Da ist der Ärger verständlich, wenn nach einem teuren Fischbesatz lauter vollgefressene Vögel rings um den Teich sitzen.

Der Wunsch nach Luxus hat jetzt dazu geführt, dass man auch Störe auf Farmen hält, um so Kaviar zu produzieren. Die Fischeier werden also voraussichtlich in Zukunft ebenso preiswert zu erhalten sein wie Lachs. Vielleicht wird er dann wieder zum „Arme-Leute-Essen."

Die Nachfrage nach gutem Essen und lecker Fisch hat auch einer anderen Branche einen Boom beschert und zwar den Kreuzfahrern. Die Kombination von hochklassiger Küche, angenehmem Ambiente und interessanten Reisezielen bringt zunehmend mehr Menschen auf das Schiff. Sogar das Speisenangebot für Vegetarier ist an Bord reichhaltig und lecker. Früher musste Vegetarier werden, wer zu dumm zum Jagen oder Angeln war, heute, wer zu ungeschickt ist, einen anständigen Braten in die Röhre zu bekommen. So sind denn die Kochkünste dieser seltsamen Leute dann auch meist als eher dürftig zu bezeichnen. Sie kochen irgendwelche vergammelten Soja-bohnen, Tofu genannt, mit salzarmem Gemüse, Tomatensoße und Dinkelresten zu einem Pams zusammen, der aussieht wie Moppel-kotze. Das Ganze schmeckt auch so, und daher ist es nicht verwun-derlich, dass die Vegetarier ihre Mahlzeit mit säuerlich verhärmter Miene zu sich nehmen. Dabei werden sie – meist handelt es sich übrigens um Frauen, – da ihre Nahrung nicht ausreichend Nährstoffe enthält, immer runzliger und hagerer. Wen wundert es, dass sich die Männer, die Augentiere sind und bei denen die Liebe durch den Ma-gen geht, sich allmählich von diesen Frauen abwenden. Von da an ist es nur noch ein Katzensprung, bis sie sich einer gleichgeschlecht-lichen Vegetarierin zuwenden.

Kennen Sie eigentlich die alte Weissagung der Cree-Indianer?
Erst wenn der letzte Baum gerodet,
der letzte Fluss vergiftet,
der letzte Fisch gefangen ist,
werdet ihr feststellen,
dass man Vegetarier essen kann.

Meiner Frau und mir schmeckt dagegen das gute Essen auf den

Schiffen, und daher sind wir inzwischen große AIDA-Fans. Dabei hat Carolin das Glück, regelmäßig von ihren Eltern zu Fahrten eingeladen zu werden, während ich dem Tagesgeschäft nachgehen muss. Inzwischen gilt sie als Vielfahrerin und hat entsprechend an Bord eine ganze Reihe von Vergünstigungen. Sind wir gemeinsam unterwegs, ist sie gnädig, nennt mich einen „angeheirateten Vielfahrer" und lässt mich großzügig an Veranstaltungen wie dem Kapitänsempfang teilnehmen. Auf einem solchen Treffen ist mir eine Geschichte zu Ohren gekommen, die ich Ihnen nicht vorenthalten möchte, obwohl ich nicht weiß, inwieweit sie wirklich authentisch ist.

Der Kapitän des Schiffes soll von einem Vielfahrer gefragt worden sein, ob es denn wahr sei, dass die philippinische Crew immer mit den Resten vom abendlichen Buffet der Gäste verpflegt wird. Der Kapitän erwiderte daraufhin angeblich, dass es genau umgekehrt sei.

Ich halte das Ganze für einen köstlichen Witz und weil er so schön ist, liefere ich gleich noch eine weitere Story nach, die an Bord die Runde machte. Kreuzfahrten werden häufig zu runden Geburts- oder Hochzeitstagen verschenkt. Ist ja auch ein schöner Anlass. Deshalb hat man bei AIDA einen kleinen Sektempfang für die Jubilare eingerichtet. Diesmal war nach 70 Ehejahren ein Paar an Bord, das seine Gnadenhochzeit feierte. Als der Ehemann vor versammelter Mannschaft gefragt wurde, welches das schönste Erlebnis während der Ehe gewesen sei, antwortete er: „Die vier Jahre Kriegsgefangenschaft!" Da fiel selbst seiner Frau nichts mehr zu ein.

Da aller guten Dinge drei sind, noch eine weitere Geschichte, die zumindest Carolin live miterlebt hat. Da die Kreuzfahrtschiffe im Hafen hohe Liegegebühren zahlen müssen versuchen sie stets pünktlich abzulegen und auch alle Passagiere mitzunehmen. Dank dem elektronischen Einchecken weiß die Schiffsführung auch immer, wer noch nicht an Bord ist und ruft 15 Minuten vor dem Ablegen der Leinen die Namen der Fehlenden auf. Solche Aufrufe werden dann alle 5 Minuten und zunehmend hektischer wiederholt. Dies nehmen

Neugierige zum Anlass, sich auf den Außendecks zu versammeln, um zu schauen, wer da noch in letzter Minute eintrudelt und wer dem Schiff nur hinterher winkt. Auch Carolin stand in der Meute, als im allerallerletzten Moment ein Taxi vorfuhr, aus dem ein Mann ausstieg und Richtung Gangway hastete. Begrüßt wurde er mit La Ola-Wellen und einem donnernden Applaus von allen Außendecks. Mit hängenden Schultern und gesenktem Haupt musste er die Personenkontrolle über sich ergehen lassen und die Durchsage des Kapitäns, der ihn persönlich auf dem Schiff willkommen hieß. Der Beifall von oben ebbte nur langsam ab, als der Spätheimkehrer endlich an Bord war. Was für ein kläglicher Auftritt! Welch verpasste Chance! Auch Carolin war nur wenig beeindruckt. Hier hätte er zu jeder La Ola-Welle die Arme hochreißen müssen wie ein Fußballspieler, der im Endspiel der Fußball-WM das Siegtor geschossen hat und den 2200 Zuschauern huldvoll zuwinken müssen. Ein paar Lambada-Schritte hätten das Ganze abgerundet. Der Typ wäre mit einem Schlag auf dem ganzen Schiff bekannt gewesen wie ein bunter Hund und alle hätten ihn in bester Erinnerung behalten.

Alternativ hätte man natürlich an der Personenkontrolle stramm salutieren und mit markiger Stimme lautstark befehlen können: „Käpt´n an Bord. Anker auf und Leinen los! Steuermann halbe Fahrt voraus!" und wäre dann unter dem Jubel der 2200 Passagiere gemessenen Schrittes die Gangway hinaufstolziert. Das wäre die Variante für Fortgeschrittene gewesen! Zurück zum Fisch!

Sehr im Trend – inzwischen allerdings mit fallender Tendenz, ist Sushi. Für diese japanische Spezialität kann man nur allerfrischesten Fisch verwenden, da man ihn roh verspeist. Das dürfte der Hauptgrund für die sinkende Nachfrage sein, denn roher Fisch, der zumal ungewürzt ist und mit kaltem, klebrigen Reis und Algen serviert wird, ist so gar nicht nach dem Geschmack der Deutschen. Tatsächlich schmecken die kleinen Fischhappen auch recht fade und der klebrige Reis rutscht nur schlecht durch die Kehle. Daher wird zum Sushi stets eine Auswahl an Soßen gereicht. Und hier bekommt der unbedarfte Gast endgültig den Rest. Die aus Meerrettich hergestellte, grünliche Wasabisoße raubt einem schon in kleinsten Mengen die Luft. Unvorsichtige geraten bei dem Genuss an den Rand eines Kreislaufkollapses. Deshalb empfehlen Spaßvögel am Sushibuffet unschlüssig Dreinblickenden häufig: „Probieren Sie doch mal die Grüne, die ist ganz lecker!" Oder gegenüber besonders hart wirkenden Kerlen: „Nehmen Sie nicht so viel, die ist Ihnen bestimmt zu scharf!" In der sicheren Erkenntnis, dass der so Angesprochene sich nicht als Weichei zu erkennen geben will und sich eine extra große Portion nehmen wird, ist der folgende Spaß bereits vorprogrammiert.

Aus Sicht der Angler taugen die rohen Fischhappen ohnehin eher als Köder. Geschmacklich reichen sie nicht annähernd an den ebenfalls rohen Graved Lax heran. Ein Rezept für die Zubereitung finden sie in meinem Buch „**Verrückt nach Sandra.**"

Noch einmal zurück zu den Japanern. Wussten Sie eigentlich, dass auf dem japanischen Markt astronomische Summen für Thunfisch höchster Qualität gezahlt werden? Daher wird der Löwenanteil des weltweiten Thunfischfanges nach Japan verkauft. Nur der Rest an minderwertiger Ware geht nach Europa und in die USA. So ein kleiner, schmächtiger Japaner braucht zum Leben nicht viel, das wenige, das er isst, muss allerdings erste Wahl sein. Da unterscheidet er sich doch sehr von den Deutschen, für die es in erster Linie viel sein muss. Und leicht zuzubereiten.

Darum wurden Fischstäbchen erfunden, jene kleinen, preiswerten Sattmacher, die auch von Kindern gegessen werden, sogar mit Spinat. Den essen, seitdem Verona dafür „Blupp" macht, sogar gestandene Männer. Sex sells! Knusprig braun sind sie und sie haben keine Gräten. Die Fischstäbchen, nicht Verona. Sie schmecken nicht wirklich schlecht, etwa wie fischige Pommes. Vorläufer war vermutlich das englische Nationalgericht „Fish & Chips." Hier werden Pommes und Fischstücken im gleichen Fett frittiert und zusammen in eine selbst gedrehte Tüte aus Zeitungs- und Pergamentpapier gekippt in der sicheren Erkenntnis, dass sich im Magen sowieso alles mischt.

Für einen richtigen Angler ist das alles nichts! Er will seinen Fisch frisch und selbstgefangen. Am allerschönsten ist es natürlich, wenn er einen Fisch erbeutet hat, der auch noch für Gäste reicht und er voller Stolz beim Servieren ein Foto seines Fanges präsentieren darf. Womöglich erörtert er mit den Anwesenden – wie es in Anglerkreisen durchaus üblich ist – den Mageninhalt seiner Beute. Das erinnert ein klein wenig an die Forellen im Aquarium des Restaurants, von dem ich ihnen erzählt habe. Für diesen Moment der Glückseligkeit auf der einen und dem Schrecken auf der anderen Seite hat Schiller im „Ring des Polykrates" so trefflich gedichtet:

> *„Oh, ohne Grenzen ist dein Glück!"*
> *Hier wendet sich der Gast mit Grausen:*
> *„So kann ich hier nicht weiter hausen,*
> *Mein Freund kannst du nicht länger sein."*

Dem ist eigentlich nichts mehr hinzuzufügen.

Doch wurde dieses Horrorszenario noch von einem mit uns befreundeten Ehepaar getoppt. Der Ehemann züchtete Kaninchen und schlachtete sie auch für die eigene Küche. Obwohl dies nicht jedermanns Sache sein mag, ist soweit nichts dagegen einzuwenden. Sogar die Familie hatte sich an gebratene Karnickel gewöhnt. Das änderte sich schlagartig, als unser Bekannter damit begann, die Gefriertüten mit „Hasi", „Mucki" und „Mohrchen" zu beschriften. Wundert es Sie, wenn ich Ihnen erzähle, dass die Ehe zwischenzeitlich geschieden ist?

Kapitel 10

Fröhliche Weihnachten

Dem Fest der Liebe und der Freude sehen unsere Petrijünger, sofern sie nicht ledig sind, mit Angst und Schrecken entgegen. Eingesperrt in den eigenen vier Wänden und fern des geliebten Fischwassers fristen sie die Feiertage Trübsal blasend dahin. An Stelle eines kühlen Hellen an der frischen Luft gibt es für sie zu Hause in Weihrauch geschwängerter Atmosphäre Kaffee und Lebkuchenherzen. Und anstatt sich die knackigen Schönheiten im neuen Zebco-Kalender anzuschauen, müssen sie mit dem Anblick der Schwiegermutter vorlieb nehmen. Und still vor sich hin leiden.

Dieser Leidensweg beginnt bereits in der Vorweihnachtszeit, wenn es um den gemeinsamen Einkaufsbummel und den Besuch des Weihnachtmarktes geht, denn jetzt ist noch Raubfischsaison. Allein der Gedanke daran, dass ein Kollege ihm den langersehnten Meterhecht vor der Nase weg fangen könnte, wird ihrem Angler jegliche Freude rauben, so dass Sie ihn besser gleich zu Hause lassen sollten. Ansonsten schüttet er sich doch nur mit Glühwein die Birne zu. Äußern Sie lieber Wünsche, die er schnell und einfach erfüllen kann, also Geld, einen Gutschein oder eine Reise. Je weniger Zeit ihn die Besorgung kostet, desto mehr wird er bereit sein für Sie auszugeben. Sie kommen also auch nicht schlecht davon.

Wie gut haben es die Junggesellen! Max und seine Freunde veranstalten seit Jahren am Tag vor Heiligabend ein Nachtangeln auf Aalquappen. Da es kalt und dunkel ist, hat jeder der Jungs so viele Decken, Zelte, Lampen und Thermoskannen dabei, dass auch unser

Kombi schon mit den Gerätschaften für eine Person bis unter das Dach beladen ist. Der Angelplatz, der mit vier bis fünf Spezis belegt ist, sieht aus wie ein umgekippter 38-Tonner. Da die Burschen sich natürlich auch von innen mächtig wärmen müssen, wird jeder von ihnen direkt ans Wasser gefahren und am nächsten Morgen übernächtigt, aber glücklich wieder abgeholt. Wenn ich mir bei dieser Gelegenheit die ganzen Gerätschaften und die leeren Buddeln anschaue, frage ich mich, ob die Jungs vor lauter Auf- und Abbauen nebst Glühweintrinken überhaupt zum Angeln gekommen sind? Trotz meiner Zweifel haben sie aber immer den einen oder anderen Fisch vorzuweisen. Und alle sind sich mit leuchtenden Mienen darüber einig, dass man das im nächsten Jahr unbedingt wiederholen muss.

Mich selbst zieht es an den Feiertagen ebenfalls immer ans Wasser. Ein Weihnachtshecht – vielleicht der letzte Fisch des Jahres – muss unbedingt noch her, denn in wenigen Tagen beginnt die Schonzeit, die erst am 1. Mai wieder endet. Als ich noch nicht verheiratet war, konnte ich notfalls auch noch am 1. und 2. Weihnachtstag mein Glück versuchen. Heute muss der Nachmittag des Heiligen Abend reichen. Meine Frau hat dann sowieso gern ihre Ruhe, um den Christbaum zu schmücken, das Abendbrot vorzubereiten und zu weihnachtlichen Klängen einen Tee mit Zimtgeschmack zu trinken.

Einen unruhig herumzappelnden Ehemann kann sie dabei nicht gebrauchen. Wenn ich dann endlich am Teich bin, stelle ich jedes Mal aufs Neue fest, dass ich beileibe nicht der einzige Verrückte bin. Offenbar treibt es viele Kollegen noch mal raus. Meist sind mehrere Spinnfischer unterwegs und auch ein paar Karpfenangler haben ihre Zelte aufgebaut. Letztere bleiben sogar im Winter für mehrere Tage draußen, oft über die ganzen Feiertage oder sogar bis Silvester. So schlimm ist es bei mir dann doch noch nicht. Mir reicht es, wenn ich Carolin am nächsten Tag zu einem kleinen Spaziergang um den See überreden kann und das muntere Treiben von weitem sehe. Nach zwei Stunden an der frischen Luft schmeckt die Gans dann doppelt so gut.

Aber nicht nur das Fernbleiben vom Wasser verleidet unserem Angler die Festtagsstimmung. Auch die Geschenke verhageln ihm jedes Jahr die Laune. So hat es statt der ersehnten Shimano-Rolle wieder nur einen Schlips und ein Oberhemd gegeben, weil seine Frau verhindern wollte, dass er das neue Gerät gleich am 1. Weihnachtstag ausprobiert. In mancher Hinsicht sind die Mädels eben doch recht clever.

Auch ein Messer hat es nicht gegeben, da er schon ein gutes Dutzend davon hat, was nach Ansicht seiner Gemahlin völlig ausreichend ist. Stattdessen bekam unser Angler zwei Eintrittskarten für Holiday on Ice. Kein Wunder das er da vergnatzt ist. Nicht einmal ein paar Blinker und Wobbler lagen auf dem Gabentisch, nachdem seine Angetraute sich im letzten Jahr an einem Haken verletzt hatte. Unser Sportfreund hat also nichts, was seinen Spieltrieb befriedigt. Weder kann er den Schnurfangbügel der Rolle zu- noch das Messer aufklappen lassen. Und er kann auch nicht mit der Hand ein Hechtmaul simulieren, das den neuen Blinker packt. Folglich wird ihm langweilig.

Damit die Festtagsstimmung nicht getrübt wird, möchte ich Ihnen ein paar Geschenktipps mit auf den Weg geben. Oft machen Kleinigkeiten den Erfolg aus! So wird jeder Angler ein Handy hassen, weil seine Frau ihn damit am Wasser erreichen kann und laufend stören wird. Ein Fotohandy wird er dagegen lieben, denn damit lassen sich seine Fänge dokumentieren. Um ein schönes Bild zu bekommen, muss man sich mit dem Gerät beschäftigen. Dabei wird er dann feststellen, dass man es beim Angeln auch ausschalten kann.

Ein schönes Geschenk ist ein Angelstuhl oder eine Angelliege. Es sollte allerdings ein Exemplar mit Getränkehalter sein. Den braucht man natürlich nicht, wenn man am Teich sitzt. Ihr Petrijünger wird sein Geschenk aber noch am Heiligen Abend vor dem Fernseher aufbauen und dort die nächsten drei Tage verbringen. Irgendwohin muss er sein Bier dann ja stellen können.

Wenn Sie Ihren Mann mal so richtig beschäftigen wollen, kaufen Sie ein Hakenbinde-Gerät und ein paar Schachteln Angelhaken, am besten die Großpackung. Damit kann er über die Feiertage seinen gesamten Jahresvorrat binden und Sie haben Ihre Ruhe. Das ganze Material ist für 40 Euro zu haben und unterhält ihn mindestens über die gleiche Anzahl an Stunden. Die Fortgeschrittenenvariante für Fliegenfischer ist hier ein Bastelset für Kunstfliegen. Damit hört er nie wieder auf! Gut ruhig stellen kann man den Petrijünger mit Angelzeitschriften, insbesondere den Spezialausgaben, die sich mit dem Fang einzelner Fischarten beschäftigen. Den Gabentisch bereichern würden auch meine Bücher. Die kann der Sportfischer auch nebenbei lesen, wenn er mit seinem Stuhl und einem Bier vor dem Fernseher sitzt.

Ein Geschenk mit Hintergedanken sind fest schließende Wurm- und Madendosen, denn die verhindern, dass Sie das Viehzeug später im Kühlschrank haben. Ebenso halten ausreichend große Köderboxen später seine Kunstköder aus Ihrer Wohnung fern und beugen so Verletzungen vor. Rucksäcke – es gibt sie bis 120 Liter Fassungsvermögen (so groß ist auch ein Müllsack) – reichen aus, um gleich den halben Hobbykeller zu entrümpeln. Aber nicht nur die falschen Geschenke, sondern auch das Essen verdrießt unseren Angler. Selbstverständlich werden Sie keine Lust haben, ihm am Heiligen Abend seinen Karpfen zuzubereiten. Ihre Bude würde in diesem Fall während der ganzen Feiertage nach Fisch stinken. Ganz abgesehen davon kann einem so ein Muffmolch das schöne Fest nachhaltig verderben. Wenn schon Fisch, dann einen Räucher- oder Graved-Lachs. Sollte Ihr Mann noch keinen Räucherofen haben, wäre auch das ein schönes Geschenk, mit dem Sie zwei Fliegen mit einer Klappe schlagen. Der Ofen sollte allerdings sowohl für das Heiß- wie auch das Kalträuchern geeignet sein. Zerbrechen Sie sich über den Unterschied nicht den Kopf. Ihr Angler wird ihn kennen.

Selbstverständlich wird Ihrem Gatten auch eine knusprige Gans munden, so richtig schön fett mit Rotkohl und Klößen. Da machen Sie zumindest bei der Auswahl nichts verkehrt. Vorsichtig wäre ich allerdings mit vegetarischen Gerichten, sofern Sie hierunter nicht Lamm oder Kalb verstehen. Gemüse wird ein Angler allenfalls als Beilage akzeptieren und dann nicht so viel. Max und ich sind uns in diesem einen Punkt tatsächlich mal einig: Gans ist das beste Gemüse!

Zu guter Letzt sollten Sie beherzigen, dass Essen und Trinken Leib und Seele zusammen halten. Fische und Gänse sind zu Lebzeiten geschwommen und sollten dies auch zu den Mahlzeiten tun. Zum Lachs passt natürlich ein trockener Sekt oder Champagner am besten, zur Gans wird häufig Rotwein gereicht. Ich bevorzuge allerdings zu letzterer eher einen trockenen Riesling, der nicht nur geschmacklich besser passt, sondern sich nebenbei dadurch auszeichnet, dass er keine Flecken macht. Dann können Sie die Tischdecke noch für den 2. Feiertag drauflassen. Und vergessen Sie zum fetten Essen nicht den kleinen Verdauer!

Sollten Sie meine Ratschläge beherzigen, steht einem fröhlichen Weihnachtsfest eigentlich nichts mehr entgegen. Wenn Sie diese jedoch leichtfertig in den Wind schlagen, sehen wir uns vielleicht in Kürze vor dem Scheidungsrichter wieder. Es wäre nicht die erste Ehe, die an den Feiertagen in die Brüche geht.

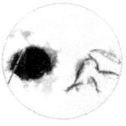

Kapitel 11

Eisangler

Unter uns Anglern gibt es einige Spezis, die sogar ihren Kollegen höchst sonderbar, wenn nicht gar suspekt vorkommen. Das will viel bedeuten, da wir selbst von Dritten meist müde belächelt und als seltsam wahrgenommen werden. Wenn man aus einer solchen Gruppe hervorstechen will, muss man schon etwas wirklich Erstklassiges liefern.

Zu nennen sind an dieser Stelle beispielsweise die Fliegenfischer. Häufig sind es Ärzte oder Manager, die diesem Hobby frönen. Otto Normalverbraucher und Fischers Fritze könnten sich auch kaum das kostspielige Gerät oder die Reise an exklusive Gewässer leisten. So ist für Lachsgewässer der Spitzenklasse eine spezielle Lizenz erforderlich, die – da nur wenige vergeben werden – Monate vorher beantragt werden muss und pro Tag schnell mal ein Monatsgehalt eines Durchschnittsverdieners kostet.

Im Gegensatz zum normalen Angler haben die Fliegenfischer kein wirkliches Interesse am Fang eines Flossenträgers. Beisst tatsächlich mal einer, lassen sie ihn meist wieder schwimmen. Ihr Hauptaugenmerk ist nicht auf den Fisch, sondern auf den Köder gerichtet: eine kleine, unscheinbare handgefertigte Fliege! Deren Herstellung ist gleichermaßen eine Kunst und eine Wissenschaft. Um ein solches künstliches Insekt zu binden, benötigt man neben einer literarischen Bastelanleitung eine Lupe, einen Bindestock (vergleichbar mit einem Schraubstock, nur viel kleiner), winzige Haken, Scheren und Pinzetten, Glas- und Metallperlen, mindestens ein Dutzend verschiedenfarbiger Garne sowie eine riesige Auswahl an Tierhaaren und Federn. Die Arbeiten sind so filigran, dass sie nur mittels von Pinzetten unter einer Lupe durchgeführt werden können. Ziel ist es, ein Objekt herzustellen, das dem gerade am Gewässer herumfliegenden Insekt täuschend ähnlich sieht und zwar nicht nur im trockenen Zustand, sondern auch im Wasser aufgeweicht. Kurz gesagt soll die künstliche Fliege aussehen wie eine ersoffene Mücke. Diese muss nun – und darauf liegt der zweite Hauptaugenmerk – mit einem eleganten Wurf so genau vor die Nase einer hungrigen Forelle geworfen werden, so dass diese sofort zuschnappt. Natürlich tut sie das nicht, aber darauf kommt es nicht wirklich an. Darum werden die Fliegenfischer sogar in Anglerkreisen als seltsame Außenseiter angesehen.

Eine andere Art komischer Käuze sind die bereits mehrfach erwähnten Karpfenangler. Auch sie nehmen fast nie einen gefangenen Fisch mit nach Hause. Kein Wunder, denn so ein alter Moosrücken ist wahrlich keine Gaumenfreude. Vielmehr haben die erwähnten Kollegen ihren Spaß hauptsächlich an technischen Spielereien wie beispielsweise ferngesteuerten Futterbooten, mit denen sie ihre Köder zu Wasser bringen oder aber an aufwendiger Campingausrüstung. Nicht fehlen dürfen natürlich Ruten, Rollen und Schnüre der neuesten Generation. Ein alter Witz drückt es passend aus: Ein Karpfenangler wird von einem Kollegen gefragt, welche Ausrüstung er beim letzten Ansitz dabei hatte. Die Antwort lautete „Nur das Nötigste. Nur dreimal laufen!" Gemeint ist, dass er drei volle Karren vom Auto zum Angelplatz gebracht hat. Wen wundert es da, dass ein Ansitz auf Karpfen im Schnitt mindestens drei Tage dauert. So lange braucht der Kollege allein zum Auf- und Abbauen. Manchmal habe ich den Verdacht, die Burschen wollen einfach nur zu Hause raus!

Eine Spezies ganz besonderer Art sind die Eisangler! Sie kommen erst dann richtig in Fahrt, wenn man keinen Hund mehr vor die Tür jagen mag und Eis und Kälte dafür sorgen, dass der Rest der Bevölkerung im gemütlich beheizten Wohnzimmer sitzt. Für die Ausübung ihres Hobbys benötigen sie lange Perioden von starkem

Dauerfrost, da sonst die Eisschicht auf den Gewässern nicht tragfähig ist. Manchmal vergehen einige Jahre, bevor entsprechende Verhältnisse herrschen. Und häufig sind die Phasen, in denen die Teiche betreten werden können, sehr kurz. Wen wundert es da, dass bei entsprechenden Witterungsbedingungen ganze Völkerwanderungen zu den Gewässern unterwegs sind, an denen die Eisangelei erlaubt ist.

Ausgerüstet sind Eisangler im Verhältnis zu Karpfen- und Fliegenfischern spärlich. Alles passt wegen der Gefahr des Einbrechens auf einen kleinen Schlitten, den sie über das Eis ziehen. Wichtigstes Utensil ist ein gigantischer, etwa brusthoher Bohrer, mit dem die Sportfreunde etwa 20 cm durchmessende Löcher im Eis fabrizieren, die sehr zur Freude von Schlittschuhfahrern nach dem Fischen nicht wieder verschlossen werden. Die Ruten sind dagegen extrem winzig, nicht einmal einen Meter lang. Dies hat praktische Gründe. Wer einmal versucht hat, mit einer 4,20 m Rute und leichtem Gegenwind den Köder in ein Eisloch zu bugsieren, der fädelt beim nächsten Mal lieber ein Kamel durch ein Nadelöhr. Auch Rollen, Haken und Köder sind klein. Es muss also nicht die ganze Ausrüstungspalette mitgenommen werden. Dafür dürfen Heißgetränke und warme Kleidung nicht fehlen. Einen Stuhl braucht man nicht. Der könnte zu leicht einbrechen, wenn das Gewicht des Anglers nur auf die vier Stuhlbeine verteilt ist. Dagegen ist der Schlitten gut als Sitzgelegenheit geeignet.

Eisangler setzen nie einen Fisch zurück! Das wäre so, als ob ein Eskimo seine Beute wieder schwimmen lässt. Was unter so widrigen Bedingungen gefangen wurde, ist redlich verdient und muss mit. Über die Kühlung des Fisches braucht man sich schließlich auch keine Gedanken zu machen.

Wer als unbefangener Beobachter das Bild einer ganzen Heerschar von Anglern vor Augen hat, die bei 10 Grad unter Null dick eingemummelt in ein Eisloch starrt, fragt sich, was diese Menschen antreibt. Warum sitzen sie nicht gemütlich zu Hause und trinken einen Grog?

Es ist das unverfälschte Naturerlebnis, das sie hinter dem Ofen hervorjagt! Niedrige Temperaturen und eine dicke Eisschicht gehen in unseren Breiten fast immer mit einem stabilen Hochdrucksystem und schönem Winterwetter einher. Es ist zwar kalt, aber sonnig. Die Luft ist ebenso klar und rein wie das Wasser. Selbst die gefangenen Fische sind blitzsauber und wunderschön anzusehen. Schnee und Eis glitzern im Sonnenlicht. Manchmal kommen Vögel und hoffen, einen Brotkrümel oder eine heruntergefallene Made zu erhaschen. Der Angler ist mit sich und der Natur allein und damit auch zufrieden. Die anderen 30 Sportfischer, die ihre Eislöcher in der Nähe gebohrt haben, ändern an diesem Zustand nichts, da jeder einzelne seinen Gedanken nachhängt und den wunderbaren Tag genießt. Angler tun dies schweigend! Und dann sind da die Kälte und der eisige Wind, denen man trotzen muss. Gesichter und Nasen sind gerötet, die Füße werden langsam taub, und der Nordost beißt sich unaufhaltsam durch die dickste Kleidung. Sind wir nicht alles kleine Helden, die für einen Fisch der Witterung standhalten? Kennen Sie nicht auch das Gefühl, wenn man nach einem Winterspaziergang heimkommt? Man fühlt sich völlig frisch und rein. Es gibt kaum etwas Schöneres als Eisangeln!

Meinen ersten Versuch in dieser Disziplin startete ich mit etwa 20 Jahren. Kein Fischen auf dem Eis ohne Auto. Die Gewässer kann man um diese Jahreszeit nicht mit dem Rad erreichen. Zuerst hatte ich mein Glück auf dem Entlasterarm der Aller versucht. Das hatte mir nur eine kleine Plötze eingebracht, vermutlich weil das Wasser nur brusttief war. Gerade deshalb hatte ich dort meinen 1. Versuch gestartet, da ich nicht wusste, wie tragfähig das Eis war. Da im Flachen kein Fisch war, wurde ich wagemutiger und schaute mir den Mittellandkanal an. Der war voller Eisschollen, weil er regelmäßig von Schiffen befahren wurde. Auf Grund des starken Eisgangs war der Schiffsverkehr allerdings vor einigen Tagen eingestellt worden. Das wusste ich aus der Zeitung. Sollte ich es wagen? Vorsichtig kletterte ich die Eisenleiter an der Spundwand hinunter und setzte einen Fuß auf das Eis. Da es stabil schien, versuchte ich es mit dem zweiten Bein, die Hände immer noch fest an der Eisenleiter. Kein Problem, es hielt. Ich holte meine Ausrüstung und mein Beil. Kaum hatte ich ein Loch ins Eis geschlagen und etwas angefüttert, da stoppte auch schon ein Polizeiwagen am Ufer und zwei Beamte stiegen aus. Ob mir nicht bekannt sei, dass am Vormittag ein Eisbrecher hier durchgefahren ist, wollten sie wissen. Ich schüttelte den Kopf. Ihrer Aufforderung, das Eis zu verlassen, wollte ich ebenso wenig nachkommen wie die Polizisten meiner Einladung, mich doch hier wegzuholen. Also murmelten die Jungs noch was von „lebensgefährlichem Leichtsinn" und „Idiot" und verschwanden dann. Kaum waren sie außer Sichtweite, hatte ich meine Sachen auch schon eingepackt und das Eis im Schleichgang verlassen. Irgendwie hatte ich doch Schiss, aber das konnte ich die Polizisten schließlich nicht wissen lassen.

Einen wirklich schönen Tag auf dem Eis verbrachte ich etwa 30 Jahre später und zwar an einem nahegelegenen Forellensee. Die ganze Woche über herrschte knackiger Frost und am Wochenende reinstes Kaiserwetter. Nun hielt mich nichts mehr zu Hause. Schnell die Sachen zusammengepackt und ans Wasser. Was ich hier sah, verblüffte mich dann doch. Zwar hatte ich damit gerechnet, dass die Sonne so manch einen Petrijünger anlocken würde, aber die circa 150 Personen, die auf dem Eis standen, sahen eher nach einem Volksfest aus. Also schnappte ich meinen Schlitten, um mir ein freies Plätzchen zu suchen.

Sorgen machte ich mir, weil ich keinen Bohrer, sondern nur eine Axt dabei hatte. Die lauten Axthiebe auf dem Eis würden meine Kollegen sicher verstimmen. Schnell stellte ich jedoch fest, dass ich mir keinerlei Gedanken zu machen brauchte: Der See war durchlöchert wie ein Schweizer Käse. Also baute ich an einem freien Loch meine Geräte auf und harrte der Dinge, die da kommen sollten. Stunde um Stunde wartete ich geduldig wie ein Eisbär vor dem Luftloch einer Robbe, den Rücken dem kalten Nordost zugewandt und die Nase Richtung Sonne. Ich erfreute mich an der weißen Winterlandschaft und dem regen Treiben auf dem Eis und war rundum zufrieden – auch ohne Fisch. Irgendwann erbarmte sich dann doch noch eine Forelle meines Köders, kein Riese, aber gutes Pfannenmaß. Glücklich und durchgefroren fuhr ich mit Einbruch der Dunkelheit heim und briet meinen Fisch. Keiner hat mir jemals besser geschmeckt!

Kapitel 12

Am Forellensee (Rudis Aal)

Am Forellensee fängt jeder seine Fische ohne Probleme. Im Forellenpuff ist das Angeln leicht.

Solche Vorurteile höre ich immer wieder. Richtig daran ist, dass in die entsprechenden Gewässer täglich Fische eingesetzt werden, die noch keinerlei schlechte Erfahrung mit Angelhaken gemacht haben und daher vermeintlich weniger scheu sind. Zutreffend ist auch, dass der Fischbesatz in einem solchen See deutlich höher ist als in einem Vereinsgewässer.

Doch auch Forellenseen haben ihre Tücken und selbst so alte Hasen wie ich gehen gelegentlich als Schneider nach Hause. Solch kommerziell betriebene Teiche haben noch einen weiteren Vorteil: man braucht weder einen Angelschein, noch muss man Mitglied in einem Verein sein, sodass auch Gelegenheitsangler oder Gäste dort ihrem Hobby frönen können.

Damit komme ich zu meinem Onkel Rudi. So ein richtiger Angler ist er nicht und wird er auch nicht mehr werden! Allerdings bringt er ein gewisses Interesse an der Natur und speziell an Gewässern mit. Das ist allerdings nicht das einzige, was er bei Angelausflügen mitbringt. Stets ist er mit derart großen Mengen kaltem Bier, Kümmerlingen und Mettwürsten ausgerüstet, dass er Max und mich mitversorgen kann. Insofern ist er bei unseren Unternehmungen immer ein gern gesehener Gast. Als er uns darum bat, ihn zu einem geplanten Nachtangeln am Forellensee mitzunehmen, entsprachen wir gern seiner

Bitte und verabredeten uns für den nächsten Freitag. Pünktlich erschien Rudi zum vereinbarten Termin am Wasser. Bis auf sein Angelgerät hatte er auch alles Notwendige dabei, sorgfältig verpackt in zwei großen Kühltaschen. Somit war der Abend gesichert, denn damit unser Sportfreund nicht die ganze Nacht bei Bier und Wurst verbringt, hatten wir ihm vorsichtshalber eine komplett montierte Rute bereitgestellt. Misstrauisch beäugte Ernst-Rudolf, wie er in Wirklichkeit hieß, seine Gerätschaften, da er sich offenbar nicht den gemütlichen Abend verderben lassen wollte. Aber wir waren unbarmherzig! Während ich ihm den Stuhl aufstellte, beköderte Max Rudis Rute und warf sie an einer viel versprechenden Stelle aus.

Kaum saßen Max und ich auf unseren Plätzen, stand unser Meisterangler auch schon mit dem ersten Fresspaket neben uns. Heute wollte er es aber wirklich wissen! Da er selbst noch fahren musste, blieb mehr Bier für uns, denn wir hatten einen Abholservice in Form meiner treusorgenden Ehefrau organisiert. Also ließen wir uns Essen und Trinken schmecken und beratschlagten die weitere Angeltaktik.

Max hatte in den Tagen zuvor mehrere schöne Störe gefangen und daher wollten wir mit einer Grundmontage versuchen, ein paar dieser Burschen zu erwischen. Als Köder hatten wir Tauwürmer und Räucherlachs vorgesehen, der zuvor angeblich anderen Anglern bereits Erfolg gebracht hatte. Ich selbst plante, es auf Forellen zu probieren, solange es noch hell war. Da die Angelei auf diese Fische etwas mehr Aufmerksamkeit erforderte, blieb es an Max hängen, unseren Gast technisch zu betreuen. Der machte wirklich überhaupt nichts, außer an seinen Würstchen zu knabbern und so blieb das Beködern, Auswerfen, Kontrollieren und Einholen seiner Ruten komplett an meinem Sohn hängen.

Allmählich wurde es dunkel, und ich fing noch ein paar Plötzen und Barsche. Den Forellen war es bei uns zu unruhig, da Rudi unablässig mit Getränken und Verpflegung hin und her wuselte. Der Junge hatte einfach überhaupt kein Sitzfleisch! Weder die Abendstimmung am

Wasser, noch die Geräusche der hereinbrechenden Nacht vermochten ihn auch nur für einen Augenblick zu fesseln. Dass Angeln etwas mit Ruhe und Gelassenheit zu tun hat, schien er bislang nicht gehört zu haben. Schade eigentlich, denn so entging ihm ein Großteil der Romantik des Nachtangelns.

Damit wir überhaupt mal einen Moment Ruhe hatten, schickten wir ihn zu einer Gruppe von Kollegen, die ein paar Plätze weiter saß und die bereits einige Störe gelandet hatten. Kein Wunder, denn einerseits fütterten sie laufend an, was eigentlich hier nicht erlaubt war, und andererseits hatten sie keinen solchen „Stör"-Faktor am Platz wie wir. Und genau das beabsichtigten wir zu ändern! Das Auftauchen von Rudi würde den gleichen Effekt haben, als hätten wir bei unseren Nachbarn ein paar Steine ins Wasser geworfen.

Tatsächlich sahen wir unseren Angelgehilfen leise eine GEMA-freie Melodie vor sich hin pfeifend in Richtung unserer Nachbarn abwandern. Himmlische Ruhe kehrte an unserem Platz ein. Nur hielt sie nicht lange vor, denn schon nach 10 Minuten kündigten leise Pfiffe Rudis Rückkehr an. Leider fand er überhaupt keine Ruhe und wanderte selbst im Dunkeln immer rastlos umher wie ein altes Schlossgespenst. Da unter solchen Verhältnissen an ein konzentriertes Angeln nicht mehr zu denken war, verbrachten wir den Rest des Abends hauptsächlich mit Bier, Würsten und Angellatein. Da Ernst-Rudolf kein Bier mittrinken durfte, wurde ihm die Sache gegen Mitternacht zu langweilig, sodass wir uns auf den Heimweg machen wollten. Wir hatten Carolin schon um Abholung gebeten und unser Gerät bis auf die Angeln verstaut. Diese packten wir immer ganz zum Schluss ein. Es könnte ja noch etwas beißen! Dieser letzte Hoffnungsschimmer hatte uns schon häufig getrogen, aber nicht heute. Beim Einholen von Rudis Rute – natürlich musste Max diese Arbeit erledigen – bot sich heftiger Widerstand, der sich wenig später als kapitaler Aal entpuppte. Da an seiner Rute gefangen, beanspruchte Ernst-Rudolf den Fang selbstverständlich für sich und war damit ungekrönter König des Abends. Wir schossen noch ein paar Erinnerungsfotos von ihm und seinem Fisch, den ich ihm eine Woche später geräuchert übergab. Wir sind halt gute Verlierer, zumindest nach außen hin. Insgeheim schworen wir uns aber, diesen Angelspezi künftig zu Hause zu lassen. Trotz Bier, Wurst und Kümmerling.

Kapitel 13

Wetterkapriolen

Jeder Frischluftsportler wird permanent von Witterungseinflüssen gebeutelt, der eine mehr, der andere weniger. Wer nur ein Viertelstündchen joggen will und zudem Zeit hat, den nächsten Regenschauer abzuwarten, hat es deutlich leichter als derjenige, der sich auf mehrere Stunden oder Tage in Eis und Schnee einrichten muss. „Es gibt kein schlechtes Wetter, nur falsche Kleidung!" höre ich immer wieder von irgendwelchen Schwachmaten, die in ihrem Leben mit dem Arsch noch nie hinter dem Ofen hervorgekommen sind und die anstelle des wettergegerbten Gesichtes eines Anglers nur die ungesunde Blässe eines Grottenolmes vorzuweisen haben. Solche Weisheiten werden von Scheunensperlingen verbreitet, die es einfach nicht besser wissen! Wer einmal nachts bei Minusgraden und eisigem Ostwind am Wasser gestanden hat, weiß, dass einen keine Bekleidung der Welt warmhalten kann und kein noch so steifer Grog. Hier hilft nur der Wille durchzuhalten und das Zusammenbeißen der Zähne. Das wusste schon Amundsen. Deshalb ist er auch wieder nach Hause gekommen.

Unter dem Strich bleibt, dass wir dem Wetter mehr oder weniger hilflos ausgesetzt sind und die Kapriolen, die es schlägt, irgendwie ertragen müssen. Umso erstaunlicher finde ich die permanenten Klagen von Spitzensportlern, die sich ihre Sportart immerhin selbst ausgesucht haben. Wenn es ihnen im Winter draußen zu kalt ist, hätten sie besser Schachspieler und nicht Skirennläufer werden sollen. Neuerdings beschweren sich Wintersportler sogar über Schnee und Wind. Dabei sind doch die Verhältnisse für alle gleich und Schnee ist im

Winter ebenso wenig ungewöhnlich wie Wind in den Bergen. Hier hat mich die Berichterstattung im Fernsehen bei den Skisprungveranstaltungen allerdings eines besseren belehrt. Insbesondere die deutschen Skispringer scheinen vom Wettergott besonders benachteiligt zu werden, während die Österreicher offenbar zu seinen besonderen Günstlingen zählen. Anders lässt es sich nicht erklären, dass die unsrigen permanent unter störendem Rückenwind zu leiden haben, während den Ösis der Wind immer vorteilhaft ins Gesicht bläst.

Dass das Wetter Günstlingswirtschaft betreibt, vermute ich seit langer Zeit. Dabei scheinen Max und ich seine auserkorenen Opfer zu sein. Kaum haben wir unsere Angeln im Auto verstaut setzt auch schon der Regen ein. Vor allem ich bin besonders stark betroffen und komme eigentlich immer nass nach Hause. Selbst auf einer Wüstensafari in Dubai erwischte mich ein Schauer.

Um den Petrijüngern das Leben zu erleichtern, hat die Geräteindustrie Angelschirme erfunden. Jedermann hat diese Dinger schon mal an den Ufern unserer Gewässer gesehen. In grüner Tarnfarbe gehalten, schützen sie den Angler nicht nur vor Regen und Wind, sondern auch vor neugierigen Blicken. Klingt gut und praktisch, aber wie immer steckt die Tücke im Detail. Um seinen Zweck zu erfüllen, muss der Schirm nämlich angekippt werden, sonst sieht der Angler nichts. Unser Fischersmann kann nun mit seinem Stuhl bis an die Mittelstange zurückrücken und an der offenen Seite aufs Wasser schauen. Fängt es an zu regnen, tropft das Wasser vom oberen Rand des Schirms genau auf das Knie des Anglers. Dem kann man nur entgehen, wenn man kleiner als 1,50 m ist.

Außerdem herrscht am Wasser häufig ein kräftiger Wind, der sich mit Vorliebe große, leichte und nur schwach im Erdreich verankerte Gegenstände als Spielzeug aussucht. Kennen Sie aus dem Struwwelpeter die Geschichte vom fliegenden Heinrich? So in etwa sieht ein 1,50 m großer Petrijünger aus, der samt Schirm durch die Luft gewirbelt wird. Meist ist der Angler allerdings etwas größer und nur sein

Regenschutz landet im Wasser. Häufig hängt noch eine Tasche mit den Papieren und sonstigen Utensilien dran. Das ist letzten Dezember einem Kollegen beim Nachtangeln passiert. Unerschrocken ist dieser bis zur Hüfte ins eiskalte Wasser gewatet, hat sein Eigentum geborgen und sich anschließend zu Hause umgezogen. Dann hat er weitergeangelt. Beinhart! Wo sind sie denn nun, die Stubenküken mit ihren Weisheiten von schlechtem Wetter und falscher Kleidung? Sie hocken natürlich hinter dem warmen Ofen!

Ein gewisses Maß an Unempfindlichkeit gegenüber Witterungseinflüssen ist für einen Angler unerlässlich. Dies ist ein Grund dafür, dass es verhältnismäßig wenig Anglerinnen gibt. Das schöne Geschlecht ist auch das zarte Geschlecht und verbrutzelt zu leicht in der prallen Mittagssonne und friert zu schnell bei mäßigem Wind oder im Schatten. Eine Ausnahme scheinen nur die Engländerinnen zu sein. Ich habe sie schon stundenlang ohne Schirm oder Sonnenöl in der brennenden Sonne der Kanaren gesehen – wie sie einen Drink nach dem anderen kippten. Ihre Haut war rot, sodass sie wie ein gekochter Krebs aussahen und schlug dann auch noch Blasen. Trotzdem saßen unsere Freundinnen von der Insel auch am nächsten Tag wieder völlig ungerührt am Strand und schlürften Cocktails. Schmerzempfinden schienen sie keines zu haben.

Petrijünger kennen natürlich keinerlei Probleme mit der Sonne, denn einen Hut hat jeder dabei und auch Bäume und Büsche spenden notfalls Schatten. Manch einer geht ohnehin nur bei Sonnenschein los. „Sonntagsangler" nennt man diese Gattung. Schön ist auch ein warmer Sommerregen oder ein leichtes Gewitter. Man sitzt gemütlich unter dem Schirm und nach dem Regen beißen die Fische umso besser. Auch ein leichter Wind ist hilfreich, da uns die Schuppenträger nicht so rasch durchschauen, wenn sich die Wasseroberfläche kräuselt. Den Ostwind allerdings, den hassen wir, denn meist verdirbt er den Wasserbewohnern den Appetit völlig. Außerdem bringt er beißende Kälte mit sich, besonders der Nord/Ost, unser Todfeind. Führt dieser auch noch Regen mit, bleibt man besser gleich zu Hause.

Carolin ist immer verwundert, dass ich bei solch einer Wetterlage nicht ans Wasser gehe. „Ich denke bei Regen beißen sie immer gut." äußert sie mit Unschuldsmiene.

Schauderhaftes Wetter hat Max und mich an einem sehr kalten Dezembertag erwischt. Da die Witterung die ganze Woche über angenehm war, hatten wir uns vorgenommen, am 2. Advent zum „Entenangeln" zu gehen. Es ging dabei nicht um das Fangen von Quietsche-Entchen mittels eines Stockes und eines Drahtes, wie es auf Jahrmärkten üblich ist, sondern um eine sehr ernste Angelegenheit. Am Forellenteich wurde ein Preisangeln veranstaltet, bei dem die Fänger der drei größten Fische eine Tiefkühlente erhielten. Der Braten, den ich am 1. Advent „erangelt" hatte ließ Max natürlich keine Ruhe und so saßen wir eine Woche später erneut am Teich.

Die Witterung war wirklich grausig, das reinste Totensonntagswetter. Die Temperatur lag bei minus 10 Grad, und der See hatte bereits kleine Eisränder. Zudem herrschte dichter Nebel, was bei so niedrigen Temperaturen äußerst selten ist. Da auch kein Windhauch ging, hatten wir das Gefühl in einem Sarg aus Eis zu sitzen. Die Rutenringe vereisten bei jedem Einholen der Schnur und mussten mühsam wieder frei gepult werden. Auf Grund des Nebels konnten wir die Sportfreunde an den anderen Ufern nicht erkennen. Zumindest bei uns herrschte fischtechnisch völliger Totentanz. Kein Wunder: die Luft war schwer wie Blei und lähmte alles Leben. Auch uns machte es bald keinen Spaß mehr und normalerweise wären wir nach Hause gegangen. Da wir aber jeder 20 Euro für den Tag am Forellensee bezahlt hatten, wollten wir das Geld auch abangeln. Darum montierten wir die Ruten auf einfache Montagen um, auf die man nicht groß zu achten brauchte. Max wählte dabei eine Posenangel mit Wurm, die letzte Hoffnung in hoffnungslosen Fällen, und warf sie in Richtung einer „Dreckecke" aus. Dann setzten wir unsere Kapuzen auf, hüllten uns in Decken und dämmerten vor uns hin. So harrten wir vielleicht zwei bis drei Stunden aus und das Entenangeln neigte sich dem Ende zu.

Plötzlich kam Bewegung in Max. Zuerst richtete er sich nur auf und schaute Richtung Pose. Noch mochte er sich von der warmen Decke nicht trennen doch dann war mein Sohn mit einem Mal recht fix auf den Beinen. Ich war natürlich auch aufmerksam geworden und peilte die Lage. Tatsächlich! Der Schwimmer zog langsam aber beständig in Richtung Teichmitte. Jetzt die Ruhe bewahren und nicht zu schnell anschlagen. Vorsichtig holte Max die durchhängende Schnur ein und setzte den Anhieb. Der Fisch saß und zwar kein schlechter, wie man am Wasserschwall erkennen konnte. Nach kurzem heftigen Drill lag eine Forelle von gut zwei Kilo im Kescher. „Petri Dank!" Nun noch bange Minuten bis zum Ende der Veranstaltung. Würde es für einen guten Platz reichen oder waren Andere erfolgreicher?

Hoffnungsvoll begab sich mein Sohn zum Wiegen. Da ich nichts vorzuweisen hatte, bewachte ich die Angeln und drückte ihm die Daumen. Ich hatte noch nicht lange gewartet, da tauchte Max mit stolzgeschwellter Brust aus dem Nebel auf, unter dem Arm eine tiefgekühlte Ente. Platz zwei!

Nebel und Kälte waren einem heißen Glücksgefühl gewichen. Den gewonnenen Vogel habe ich am nächsten Wochenende ganz besonders sorgfältig zubereitet. Mein Nachwuchsangler hat auch nicht einen Happs davon übriggelassen!

Kapitel 14

Verwundet

Im Laufe seines Anglerlebens zieht sich ein Petrijünger immer mehr oder minderschwere Verletzungen zu. Die gravierenden von ihnen habe ich bereits im Kapitel „Sportangler" geschildert. Aber auch die alltäglichen Wunden sind nicht ohne.

Regelmäßig trifft man Angler, die massive blaue Flecken auf ihren Oberarmen haben. Fragen nach der Ursache dieser Verletzungen werden allenfalls vage beantwortet oder mit einem Achselzucken abgetan. Häufig sind von diesem Krankheitsbild die weniger erfolgreichen Kollegen betroffen. Grund hierfür ist, dass diese Spezies keine Fotos von kapitalen Fängen vorzuweisen haben und deshalb ihren Zuhörern mittels eines Handkantenschlages auf den Oberarm die Größe ihrer Beute demonstrieren müssen.

Schuld an einer Verletzung ist oft unsere Beute, die teilweise sehr wehrhaft ist. So haben beispielsweise Zander und Barsche in den Rückenflossen nadelspitze Dornen und scharfkantige Kiemendeckel, die einem unvorsichtigen Sportfreund schnell Wunden zufügen können, die sich meist böse entzünden. Die stacheligen Burschen wissen halt, was sie wert sind. Am besten fasst man sie nur mit einem dicken Handtuch an.

Blutende Hände sind auch ein Erkennungszeichen erfolgreicher Hechtangler, haben diese Räuber doch ein zähnestarrendes Maul. Diese äußerst scharfen Beißerchen sitzen nicht nur auf dem Kieferbogen, wie etwa beim Menschen oder Säugetieren, sondern ebenso im Gaumen, auf der Zunge und den Kiemenbögen. Wie scharf die Zähne sind, habe ich am eigenen Leib erfahren müssen.

An einem schönen Herbsttag hatte ich mich mit der Spinnrute bewaffnet, an die Aller aufgemacht, nicht um einen großen Fang zu machen, sondern für ein paar Würfe nur so zum Spaß. Dementsprechend hatte ich mich für einen kleinen Spinner entschieden, den sich schon bald ein kümmerlicher Hecht schnappte. Nur selten habe ich so ein kleines Luder gesehen. Da ihm der Haken ganz vorn im Maul saß und ich den Fisch so wenig wie möglich verletzen wollte, ließ ich – in Anbetracht der Größe meines Fanges – alle gängigen Vorsichtsmaßnahmen außer Acht, hielt den Kleinen locker mit der einen und löste den Haken mit der anderen Hand. Kaum befreit, zappelte das Bürschlein zwischen meinen feuchten Fingern hin und her, zog seine Zähne einmal quer über meinen Daumenansatz und plumpste dann zurück ins Wasser. Ich behielt vier tiefe Risse an der Hand. Hechtzähne verursachen stark blutende Wunden, die nur schlecht wieder verheilen und so behielt ich das Andenken an diesen Fang noch für drei Wochen. Mein Daumen sah aus, als hätte jemand eine Gabel quer drübergezogen. Auf Grund der Entzündung leuchteten die Risse feuerrot und sahen schon sehr spektakulär aus. Auf Nachfragen von Bekannten bezeichnete ich die Verletzung als „Hechtbiss", was Assoziationen mit einem Biss eines Haies hervorrief und so interessant klang, dass ich stets die dazugehörige Geschichte liefern musste. Die Illusionen meiner Zuhörer platzten allerdings wie Seifenblasen, wenn ich nach der Größe des Fisches gefragt wurde und mit den Händen eine Länge anzeigte, welche die Spanne zwischen Zeigefinger und Daumen nur unwesentlich überschritt.

Weitere Unfallursache können das Angelgerät und hier insbesondere Messer und Haken sein. Vor allem mit den extrem scharfen Filetiermessern hat schon mancher Petrijünger außer den Fischen auch gleich noch den Finger mitfiletiert. Diese Verletzung ist so häufig aufgetreten, dass die Angelindustrie zu deren Vermeidung Handschuhe aus einem Metallgeflecht auf den Markt gebracht hat. Sie müssen sich diese Dinger wie die Kettenhemden der alten Ritter vorstellen.

An nichts verletzen sich Angler aber häufiger als am eigenen Haken. Ich bin sicher, dass weltweit mehr Angler als Fische an diesen tückischen kleinen Dingern hängen. Ich selbst fasse an einem durchschnittlichen Tag etwa zehnmal rein. Man sagt nicht umsonst, dass „die Sache einen Haken hat". Warum ein solcher in einem Anglerfinger jedes Mal hängenbleibt, im Fischmaul dagegen fast nie, konnte wissenschaftlich noch nicht abschließend geklärt werden.

Tatsache ist, dass diese teuflischen kleinen Dinger geradezu prädestiniert dafür sind, üble Verletzungen zu verursachen. So ein Haken ist nicht nur spitz, sondern hat eine nach innen gebogene scharfe Seite, die sich fast von allein ins Fleisch schneidet. Das Schlimmste ist aber der Widerhaken, der verhindert, dass man das Biest wieder aus der Wunde herausziehen kann. Häufig ist dann ärztliche Hilfe erforderlich.

So erging es einem Idioten auf einem Angelkutter. Offensichtlich bar jeglicher Angelkenntnis war er mit seinem Sohn aufs Schiff gekommen und hatte mit den schweren Pilkern gleich so richtig losgelegt. Es dauerte keine 10 Minuten, da hatte sein Bengel den Drilling schon in der Wange. Sofort wurden alle Angeln aufgeholt, und der Kutter dampfte Richtung Hafen. Von dort aus kam uns schon ein Seenotrettungskreuzer entgegen, der den Jungen an Bord nahm. Der Spaß hat uns zwei Stunden Angelzeit gekostet.

Bös erwischt hatte es auch Carolins Kater. Ich war daran natürlich vollständig unschuldig! In Erwartung eines schönen Angeltages hatte ich bereits am Vorabend damit begonnen, meine Ruten zu montieren. Das fertige Gerät lehnte dann an der Theke im Garten. Die Haken steckte ich vorher in die Kork- bzw. Moosgummigriffe. Die Schnur war nur locker gespannt, sodass die Posen leicht im Wind spielten. Darauf hatte der Kater, er hieß Catzilla, offenbar ein Auge geworfen.

Als ich mir ein Bier aus dem Keller holte, nutzte er seine Chance, die Sache genauer unter die Lupe zu nehmen. Irgendwie muss er es dabei geschafft haben, sich in der Schnur zu vertüddeln, denn als ich zurückkam, wollte er schnell das Weite suchen und riss sich dabei den Haken ins Fell. Dies jagte ihm einen solchen Schrecken ein, dass er – die Angel im Schlepptau – die Flucht ergriff. Die Rute verfing sich im nächsten Gebüsch und die Rolle gab so kreischend die Schnur frei, als ob ein kapitaler Karpfen an der Leine hinge. Kater und Karpfen hatten eines gemeinsam: die Schnur riss und weg waren sie. Catzilla fand sich am Abend wieder ein. Und obwohl er brav still hielt, ließ sich der mistige Haken weder mit Gewalt noch Geschick entfernen, sodass wir am nächsten Tag einen sehr erstaunten Tierarzt aufsuchen mussten. Und nun raten Sie mal, welcher schuldlose Angler hier die Zeche zahlen musste?

Nun gibt es natürlich einen Trick, wie man so einen Angelhaken wieder los wird. Dazu muss man wissen, dass sich diese Biester mit der Spitze bis zum Bogen in die Haut bohren und ein Widerhaken das Rausziehen verhindert. Sie können jeden Petrijünger nach der richtigen Methode fragen und werden immer die gleiche Antwort erhalten: man sticht den festsitzenden Haken beherzt noch mal durch die Haut und kneift Spitze und Widerhaken mit einem Seitenschneider (den hat ein Angler aus diesem Grund immer dabei!) ab und zieht den Rest einfach aus dem Fleisch. Diesen Tipp habe ich auch Max wiederholt gegeben, nachdem er sich einen Haken gewaltsam und sehr blutig aus dem großen Zeh gezogen hatte.

Bei einem Wettangeln passierte es dann: ein Haken, noch mit Made dran, bohrte sich in die Unterseite meines linken Mittelfingers. Zurückziehen ließ sich das Ding nicht, also schnitt ich es ab, entfernte die Maden und angelte weiter bis zum Schluss der Veranstaltung. Beim abschließenden Wiegen beklagte ich mich bitter, dass ich nur auf Grund eines Handicaps nicht mehr hätte fangen können. Immerhin konnte ich demonstrativ den verletzten Finger vorweisen, der auch gebührend bewundert wurde. Mit Ratschlägen der vorher bezeichneten Art reichlich versehen machten Max und ich uns auf den Weg nach Hause. Dort legte ich erst mal Jod, Pflaster und einen Seitenschneider in der Küche griffbereit. Carolin und Max sicherten sich derweil die besten Plätze, um nichts zu verpassen. Zunächst probierte ich es noch mal im Guten, aber zurückziehen ließ sich der Haken nicht. Ich versuchte vorsichtig, ihn durchzudrücken, aber die Haut dehnte sich lediglich. Max beobachtete mich gebannt: Hatte der Alte mit seinen Ratschlägen immer nur eine große Klappe oder hatte er auch Schneid? Vor Frau und Kind wollte ich mich natürlich nicht blamieren! Mann oder Maus? Ich nahm den Haken in die rechte Hand und drückte mit dem Daumennagel der linken kurz vor die Hakenspitze, sodass die Haut nicht nachgeben konnte. Augen zu, ein kurzer Ruck und Spitze nebst Widerhaken waren durch. Der Rest war nur noch ein Klacks. Ein Schnitt mit dem Seitenschneider, Haken zurückziehen, ein Tropfen Jod und das war es. Beifallheischend schaute ich in die ehrfürchtigen Gesichter der Familie. War ich nicht ein Held?

Kapitel 15

Wichtige Erfindungen

Technischer Fortschritt hat angeblich unser Leben erst lebenswert gemacht. Ohne ihn würden wir immer noch auf den Bäumen hocken und Bananen fressen. Der menschliche Geist hat für Abhilfe gesorgt und zum Wohle der Menschheit ständig neue Dinge entwickelt.

Das Feuer ist natürlich eine nützliche und hilfreiche Sache, zumindest so lange es im Ofen ist und nicht auf das ganze Haus übergreift. Da das Feuer allerdings schon vor dem Menschen auf der Erde gewesen ist, fällt es mir schwer es als Erfindung anzusehen. Erfunden hat der Mensch lediglich Gerätschaften zum Entzünden des Feuers.

Lange Zeit galt das Rad als eine der wichtigsten Erfindungen der Menschheit. Was für ein Schmarrn! Mit nur einem Rad lässt sich so gut wie gar nichts anfangen. Unsere Vorfahren hätten besser gleich ein Fahrrad oder einen Wagen erfinden sollen! Mit einem einzelnen Rad kommen nur eine Schubkarre oder ein Artistenrad aus, mit dem sich Normalbürger auf die Klappe legen würden. Und wie oft brauchen Sie eigentlich eine Schubkarre?

Bahnbrechend erschien auch lange Zeit die Glühbirne, bis man uns aufklärte, wie klimaschädlich solche Dinger sind. Glücklicherweise haben unsere vorausschauenden Politiker diese Energiefresser endlich verboten und uns stattdessen mit extrem teuren, hochgiftigen Energiesparlampen versorgt. Zerbricht so ein Teil in der Wohnung, ist diese hochgradig quecksilberverseucht. Dafür erhellt sie unsere Räume mit einem schwachen gelblichen Licht, das den Vorteil hat nicht sofort anzugehen, sodass wir nicht gleich geblendet werden.

In jüngster Zeit werden immer mehr Stimmen laut, die der Auffassung sind, dass das Internet die wichtigste Erfindung der Menschheit sei. Dieses Biotop für Geistesgestörte, Kinderschänder und Berufsverbrecher hat mir gerade noch gefehlt! Zwar versorgt uns das Internet mit einer Vielzahl mehr oder minder wichtiger Informationen. Wo sonst kann man neben Kochrezepten auch Neuigkeiten aus Uruguay erfahren und Angeln bestellen? Ich weiß die Vorteile des Netzes also durchaus zu schätzen. Nun ist es allerdings vorbei mit dem Schutz der persönlicher Daten. Die hat jetzt alle Donald Trump. Das Internet führt zudem zu einer Zunahme an Bürokratie, die uns das Leben erschwert und mir im Beruf unnötige Kosten beschert. Vater Staat kann uns inzwischen lückenlos überwachen, sodass „1984" keine Utopie mehr ist. Auch die Kriminalität nimmt im Internet immer erschreckendere Formen an. Die Zunahme, insbesondere der Betrugsdelikte, stellt unsere Staatsanwälte vor schier unlösbare Aufgaben, sodass es mir schwerfällt, das Netz als Segen für die Menschheit anzusehen. Vielmehr muss ich an Goethes Zauberlehrling in seiner Not denken: *„Die Geister, die ich rief, werd ich nun nicht los!"* Sie wissen sicher, wie die Geschichte ausging. Ich hoffe nur, dass uns ein alter Hexenmeister helfend beispringt, wenn uns das Wasser bis zum Hals steht.

Nun will ich Ihnen auseinandersetzen, welche Erfindungen ich außer dem Bikini und dem Minirock noch für wirklich bedeutsam halte.

Da ist an erster Stelle der allseits verwendbare Kabelbinder, den ich für so praktisch halte, dass ich mir jedes Mal ein Paket aus dem Baumarkt mitbringe, was zur Folge hat, das bei mir etwa 20 Tüten mit diesen Dingern herumliegen. Das ist allerdings nicht weiter schlimm, da kaum eine Woche vergeht, in der ich keinen dieser kleinen Helfer benötige. Dem Einsatzbereich sind fast keine Grenzen gesetzt und je kreativer man ist, desto häufiger braucht man sie. So verwendet die Polizei die Dinger inzwischen statt Handschellen zum Fesseln von

Personen. Außerdem ersetzen sie Schrauben, Nägel und Draht. Man kann mit ihnen Gurken, Tomaten, Blumen ebenso wie Kfz-Kennzeichen befestigen. Sie eignen sich zum Flicken von Zäunen genauso wie zum Aufhängen von Vogelhäuschen. Auch zum provisorischen Reparieren von Keschern und zum Verlängern von Apfelpflückern sind die Binder zu verwenden. Sogar als Spannvorrichtung oder Verlängerung kann man die kleinen Helfer einsetzen. Selbst als Schnürsenkel oder Gürtel sind sie zu gebrauchen. Und womit sonst könnte man nach einem Unfall einen Arm oder ein Bein blitzschnell abbinden? Oder eine Schiene befestigen? Auch als Bissanzeiger beim Angeln sind Kabelbinder einsetzbar. Man braucht so ein Ding nur lose am Handgriff der Rute zu befestigen und dann das Ende abzuschneiden. Dann schiebt man das abgeschnittene Stück mit der Krümmung zur Rute unter den Kabelbinder und zieht diesen zu. Unter das so befestigte Ende schiebt man anschließend die Schnur, die sich löst, wenn ein Fisch an der Leine zieht. Auch befestigt man mit so einem Kabelbinder problemlos klappernde Teile wie zum Beispiel Schutzbleche am Fahrrad. Selbst ein Einkaufskorb lässt sich so auf dem Gepäckträger festzurren. Auf Grund der vielseitigen Verwendbarkeit wird er inzwischen gelegentlich als Universalbinder bezeichnet. Natürlich kann man mit ihm auch Kabel zusammenbinden. Es gibt sie inzwischen in allen Farben und Größen und immer zum kleinen Preis. Ich frage Sie, was wäre die Welt ohne Kabelbinder? Aktuellen Kinofilmen zu Folge kann man mit ihnen sogar seine Frau ans Bett fesseln.

Fast ebenso vielfältig verwendbar ist der Akkuschrauber, der, wie der Name schon sagt, nicht vom Vorhandensein einer Steckdose abhängig ist. Man kann mit ihm deshalb überall bohren und schrauben. Mit einem entsprechenden Zubehör kann man ferner je nach Bedarf Farbe oder Fischfutter durchrühren. Außerdem eignet er sich zum Betrieb kleiner Pumpen. Auch zum Sahneschlagen lässt er sich notfalls verwenden. Manchmal zweckentfremde ich den Griff sogar zum Hämmern. Kein wirklicher Heimwerker könnte jemals ohne seinen Akkuschrauber auskommen.

Praktisch sind natürlich die Schweizer Offiziersmesser, die sich allseits großer Beliebtheit erfreuen, da man mit ihnen nicht nur schneiden oder stechen, sondern auch schrauben, bohren, in den Zähnen pulen, Splitter entfernen, Fingernägel schneiden, feilen, sägen und noch vieles mehr kann.

Wenn Sie nun entscheiden müssten, welche Erfindung wirklich nützlich ist, fragen Sie sich einfach, welche drei Dinge Sie auf eine einsame Insel mitnehmen würden. Aber es gibt neben den wirklich wichtigen Erfindungen auch solche, die völlig überflüssig sind. Gerade für Angler sind Gerätschaften auf dem Markt, die ich durchaus für entbehrlich halte.

So benötigt jeder Petrijünger eine Ablage für seine Angeln, da er nicht drei davon gleichzeitig halten kann. Und auf dem Boden werden sie dreckig. In meiner Jugendzeit schnitt man sich einfach eine Astgabel aus dem nächsten Weidenbusch und steckte diese nahe am Wasser in die Erde. Darauf lag die Rute prima und wenn man nach Hause ging, blieb die Gabel einfach stecken. So konnte sie der Nächste wieder verwenden. Irgendwann trieb der Ast Wurzeln und ein neuer Busch entstand. Auf diese Art und Weise bepflanzen immer noch viele Kollegen monotone Kanalstrecken. Heute dagegen legt man seine Ruten auf sogenannten Rodpots ab. Das sind teure und komplizierte Gestänge von enormen Ausmaßen, die inzwischen die Astgabeln ersetzen.

Statt einem Glöckchen, das als Bissanzeiger in die Schnur gehängt wird, gibt es heute elektronische Geräte, die diese Aufgabe übernehmen. Die Dinger piepsen den ganzen Tag vor sich hin und nerven insbesondere Leute wie mich. Man hört das Gepiepe, selbst wenn man auf der anderen Seite des Teiches sitzt. Inzwischen gibt es ein Zusatzgerät mit einer Reichweite von über 100 Metern und farbigen Leuchtdioden, sodass man im Vereinsheim beim Bier sitzen und trotzdem erkennen kann, an welcher Rute es gerade beißt. Das ist doch abartig, oder? Wo bleibt da der Spaß, wo das Naturerlebnis?

Ebenso daneben finde ich die Fischfinder, also Echolote, die nicht nur die Wassertiefe, sondern auch Fischschwärme und sogar einzelne Fische anzeigen. Man braucht dem Fisch dann nur noch den Köder genau vor die Nase zu halten. Erfahrung, Ausdauer und Instinkt werden durch Technik ersetzt. Können ist nicht mehr gefragt.

Warum erfindet nicht mal jemand etwas noch nie Dagewesenes, beispielsweise ein Katzenfutter, das nach Mäusen und Spatzen schmeckt und nicht nach Gänsebraten mit Rotkohl? Der Absatz wäre sicher reißend, zumal die Menschen gewillt sind, Unsummen für das Wohl ihrer Lieblinge auszugeben. Ist Ihnen mal aufgefallen, dass Katzenfutter teurer ist als Bratwurst? Oder dass im Hundefutter früher richtige Fleischstücke waren und heute nur noch irgendwelche Brocken, die wie ein Stück Schwamm aussehen und nach den Herstellerangaben auf der Dose nur vier Prozent tierischer Nebenprodukte enthalten? Was glauben Sie eigentlich, wer inzwischen das Fleisch frisst, das früher im Hundefutter war?

Und warum erfindet nicht endlich mal ein Hersteller einen Zollstock speziell für Angler. Da Sie vermutlich nicht wissen, wozu man den braucht, will ich es Ihnen erläutern. Dieses Spezialwerkzeug zeigt immer ein paar Zentimeter mehr an, als das zu messende Objekt tatsächlich lang ist. Man vermeidet auf diese Weise Diskussionen mit dem Fischereiaufseher, ob der gefangene Fisch untermaßig ist oder nicht. Und einen Großen macht er zum Kapitalen. Ich kann mir vorstellen, dass sich dieser Zollstock auch gut an Ehemänner verkaufen ließe! „Schau mal, Hasi! Über 20 cm!"

Ein anderer Zollstock für Angler ist bereits erfunden worden. Von normalen Werkzeugen unterscheidet ihn die Größe und Anordnung der Zahlen, sodass man selbst auf einem Foto problemlos ablesen kann, wie lang der Fisch ist, der neben dem Zollstock liegt. Dafür kostet das Gerät stolze 25 Euro Nützlich wären auch Streichholzschachteln, die nur halb so groß sind, wie die handelsüblichen. Angler legen beim Fotografieren ihrer Beute zum Größenvergleich gern eine Packung Welthölzer neben den Fisch. Je kleiner die Schachtel desto größer wirkt der Fisch.

Ich selbst tüftele derzeit an einer Erfindung, die mir ein kühles Bier am Angelplatz sichern soll. Ja, ich weiß, es gibt natürlich Kühltaschen und dazugehörige Kühlelemente. Die bringen die Getränke kühl bis ans Wasser – aber die geöffneten Flaschen? Da gibt es doch Angelstühle mit praktischen Getränkehaltern. Dort müsste das Bier kühl gehalten werden. Nun wäre es ein Leichtes, die Halterungen innen mit Schaumstoff und Alufolie zu isolieren, wenn nur die Öffnung des Halters nicht so knapp geschnitten wäre. Ein Anbringen der Isolierung von außen funktioniert auch nicht so recht, da sich der Stuhl dann nicht mehr einwandfrei zusammenklappen lässt. Am einfachsten wäre es natürlich, wenn die Hersteller gleich eine Isolierung mit einbauen würden. Diese müsste auf der Unterseite Löcher haben, damit Kondens- und Regenwasser ablaufen können. Ich hoffe, Sie sind ein Produzent von Angelstühlen und greifen diese wirklich innovative Idee auf!

Kapitel 16

Frauen sind schwierig

Einige Gründe, warum unter Anglern so wenig Frauen zu finden
sind, habe ich Ihnen bereits an anderer Stelle erläutert, so ihre Abnei-
gung zu Würmern und ähnlichem Gezücht, die fehlende Unempfindlichkeit gegen Witterungseinflüsse sowie ihre Intoleranz gegenüber Fischen. Eine weitere Ursache ist, dass Frauen gemeinhin als
schwierig bezeichnet werden können. Die Kompliziertheit ihres We-
sens zeigt sich bereits deutlich in ganz normalen Alltagssituationen.

Stellt beispielsweise ein Mann fest, dass ihm für den Urlaub eine
Jeans und zwei T-Shirts fehlen, geht er in ein Kaufhaus, wählt eine
Hose aus, probiert sie an, sucht auf dem Weg zur Kasse noch zwei
Hemden in gedeckter Farbe aus und bezahlt seinen Einkauf in bar.
Das Ganze dauert 10 Minuten. Eine Frau in der gleichen Situation
findet im ersten Kaufhaus eine Hose und zwei Shirts, die ihr gefallen
und die sie anprobiert. Dabei kommt es nicht nur darauf an, dass die
Sachen passen, sondern dass sie ihr auch stehen. Also stellt sie sich
auf Zehenspitzen vor den Spiegel, um hochhackige Schuhe zu simulieren, und dreht sich wie eine Ballerina um die eigene Achse, damit
sie sich von allen Seiten betrachten kann. Ist sie zufrieden, geht sie
gedanklich ihre übrige Garderobe durch und überprüft die Stücke auf
Kombinationsmöglichkeiten. Jetzt macht sie ein gedankliches „Ja!",
kauft die Sachen aber trotzdem nicht. Vielmehr durchkämmt sie jetzt
nach gleichem Muster alle übrigen Kaufhäuser und Geschäfte der
Stadt in der Hoffnung, ob sie nicht doch noch etwas Besseres findet.
Kurz vor Feierabend kehrt sie dann wieder ins erste Geschäft zurück
und probiert die Sachen noch mal an, kann sich aber immer noch

109

nicht entscheiden. Frustriert fährt sie daraufhin nach Hause und bestellt die Klamotten in drei verschiedenen Internetläden. Das Ganze hat einen vollen Tag lang gedauert.

Interessant ist auch das unterschiedliche Verhalten beim Wegbringen von Pfandflaschen. Der Mann bringt mit einem Einkaufswagen zwei Bierkisten, die er am Wochenende mit Freunden geleert hat, und die leere Wasserkiste seiner Frau in den Supermarkt, stellt das Leergut selbstbewusst auf das Laufband des Pfandautomaten, entnimmt seinen Bon, lädt zwei neue Bier- und eine Wasserkiste auf und bezahlt in bar an der Kasse. Die Frau stellt zwei Müllsäcke voller Plastikflaschen in ihren Einkaufswagen und nimmt zwei weitere in die Hand. Den Wagen stellt sie vor den Pfandautomaten, die anderen beiden Säcke möglichst weit davon entfernt ab. Aus diesen nimmt unsere Dame nun eine einzelne Flasche, steckt das Leergut in den Automat und schaut nach, wie es im Schacht verschwindet. Einen Moment wartet sie noch hoffnungsvoll, ob nicht doch noch ein Gewinn aus der Maschine kommt, bevor unsere Spezialistin dann die nächste Flasche aus dem Sack nimmt und die ganze Prozedur wiederholt. So werden nach und nach die entfernt stehenden Säcke und danach der Wagen entleert. Unterbrochen wird sie dabei nur gelegentlich durch Flaschen, die keine Pfandflaschen sind und die von ihr nach dem vierten vergeblichen Versuch in den Wagen zurückgelegt werden. Während die Schlange der sich die Haare raufenden Männer hinter ihr immer länger wird, nimmt sie den Pfand-Bon und wendet sich ihrem Einkauf zu. Im Korb landen fünf verschiedene Flaschen Schorle, Wasser, Bionade und Saft, die zeitraubend an der Kasse mit Karte bezahlt werden. Bis sie wieder zu Hause ist, ist der halbe Tag rum.

Noch spannender ist es, Frauen im Umgang mit ihrem sozialen Umfeld zu beobachten. Wenn eine Gruppe von fünf Männern in eine Kneipe geht, bestellen sie fünf Bier. Hierfür verlangt die blonde Kellnerin 12,50 Euro. Einer der Männer gibt ihr mit den Worten „Stimmt so!" 15 Euro und klatscht ihr einen auf den Hintern. Da jeder mal klatschen möchte, trinkt die Gruppe mindestens eine volle Runde und alle sind zufrieden: der Wirt hat 25 Biere verkauft, die Bedienung hat 12,50 Euro Trinkgeld erhalten, und die Männer hatten jeder fünf Bier und ihren Spaß mit der blonden Kellnerin.

Wenn wir gerade beim Klatschen sind möchte ich Ihnen natürlich einen meiner Lieblingswitze nicht vorenthalten. Also: was haben Donald Trump und Jennifer Lopez gemeinsam? Wenn man sie sieht, denkt man unweigerlich „Was für ein Arsch!" Zurück zu den schwierigen Damen.

Bei fünf Frauen läuft es in der gleichen Kneipe völlig anders ab. Die Erste bestellt eine Apfelschorle mit wenig Saft, einem Würfel Eis, aber wirklich nur einem, weil sie es nicht so kalt mag (sie ist schon frigide genug), und einem Schnitz Zitrone. Die Zweite hätte gern ein Alster (Radler), aber mit gelber Brause und nicht mit weißer und viel Limo und wenig Bier. Die Dritte entscheidet sich für einen koffeinfreien Kaffee mit zwei Stücken Zucker und einem Keks, aber ohne Milch. Die Vierte nimmt eine Cola aber light, mit zwei Würfeln Eis, weil sie es kalt mag, dafür aber ohne Zitrone. Die Fünfte hätte gern einen Cappuccino mit Sahne aber ohne Keks, den kann die Dritte haben. Bei dieser Bestellung hätte auch eine nicht-blonde Kellnerin ihre Probleme. Als sie die Bestellung bringt, wird diese natürlich sofort beanstandet, weil in der Schorle zwei Würfel Eis und in der Cola zwei Schnitze Zitrone sind. Außerdem ist im Alster zu wenig Bier.

Inzwischen wirkt die blonde Kellnerin etwas gereizt, was sich auch nicht bessert, als alle Damen einzeln bezahlen wollen, zwei von ihnen mit Karte. Trinkgeld gibt es natürlich nicht, da die Bedienung total unfreundlich war. Keiner ist zufrieden: der Wirt hat keinen Umsatz gemacht, die Kellnerin hat kein Trinkgeld bekommen, stattdessen hat sie nun nervöses Augenzucken, und die Damenrunde ist erbost über die blöde Bedienung, die sich nicht mal die einfachste Bestellung merken konnte. Zudem ärgern sie sich über deren Unfreundlichkeit und kommen überein, dass sie auch noch wie eine Schlampe aussieht. Die Männer hatte Letzteres nicht gestört.

Wenn Sie nun vergleichen, wie unterschiedlich Männer und Frauen einfache Lebenssachverhalte meistern, dann können Sie mal den Zeitaufwand hochrechnen, den eine Anglerin benötigt, um einen dreitägigen Karpfenansitz vorzubereiten, wenn ein männlicher Angler für das Ein- und Ausladen und den Aufbau der Geräte einen Tag braucht. Ich kann es Ihnen sagen: sie würde hierfür mindestens die kompletten drei Tage benötigen und hätte nicht eine Minute Zeit zum Angeln gehabt.

Der Angelkarriere von Frauen stehen ferner Gedankengänge entgegen, die nur von ihnen selbst als logisch erachtet werden. So scheuen sie nicht davor zurück, den Haken mit Gras zu beködern, um einen Graskarpfen zu fangen. Wenn er diesen Köder nicht mögen würde, würde er ja nicht Graskarpfen heißen. Wer dies für logisch hält, der glaubt auch, dass Zitronenfalter Zitronen falten. Und welchen Köder nimmt man dann, wenn man einen Spiegelkarpfen fangen möchte? Oder einen Hammerhai?

Ein weiteres Handicap weiblicher Angler ist ihre mangelnde Konzentrationsfähigkeit. Angeln ist bekanntlich ein Sport, bei dem Geduld gefragt ist. Manchmal muss man stundenlang ausharren, bis ein Fisch den Köder nimmt. Ist man jetzt nicht bei der Sache, versemmelt man den Anhieb, und er ist weg, der gute Fisch.

Männern wird häufig vorgeworfen, dass sie immer nur eine Sache zur gleichen Zeit machen, während Frauen problemlos drei bis vier Dinge auf einmal erledigen können. Sie selbst nennen das Multi-Tasking und halten es für eine großartige Errungenschaft. In Wahrheit können sich die Mädels nicht auf eine Sache richtig konzentrieren und diese erledigen, sondern sie verpfuschen lieber mehrere Sachen gleichzeitig. Will so eine Multi-Taskerin ihrem Liebsten was richtig Leckeres zum Abendessen kochen, wird ihr dies schnell langweilig. Daher wischt sie nebenher noch ein bisschen an den Fenstern rum, denn die haben es auch mal wieder nötig. Da die Hausarbeit mit Musik besser von der Hand geht, legt sie ihre Lieblings-CD auf. Dabei fällt ihr ihre beste Freundin ein, und sie beschließt, dieser mit einer kurzen SMS die Neuigkeiten des Tages mitzuteilen und ihr Leid ob der anstehenden Hausarbeit zu klagen. Zeitgleich brennt jetzt das Essen an und die Kartoffeln kochen über. Am Ende bekommt der Mann ein angebranntes Essen (wehe er meckert), der Herd ist versaut, die Fenster haben Putzstreifen und das Handy ist abgestürzt. Nun lassen Sie uns einen Blick werfen auf das Chaos, das so ein Multi-Tasking-Talent am Angelplatz anrichten würde.

Die ersten Schwierigkeiten würde es schon bei der Wahl eines Termins geben. Da wären Friseur-, Fußpflege-, Kosmetik-, Arzt- und Massagetermine angemessen zu berücksichtigen. Die moderne Frau ruft inzwischen ihre Freundin nicht einfach nur an, sondern sie verabredet sich zum Telefonieren. Das ist natürlich zu beachten. Gleiches gilt für die Mädeltreffs. Auch das Wetter ist wichtig, denn es darf weder zu kalt, noch zu heiß, noch zu nass oder zu windig sein. Und es muss ein Bedarf für Fisch bestehen. Am besten wäre der Gründonnerstag. Das wäre dann schon mal geklärt.

Die nächste Hürde ist die Wahl des Angelplatzes. Ist Ihnen schon einmal aufgefallen, dass eine Frau nie mit dem Platz zufrieden ist, den sie sich als erstes ausgesucht hat? In jedem Lokal, auf jeder Veranstaltung, bei jeder Gelegenheit wechselt sie mindestens dreimal, da sie glaubt, woanders sitzt es sich schöner. Manchmal kehrt sie allerdings auch zu ihrem ersten Stuhl zurück.

Zum Fischen genehm wäre ihr ein Platz, der bequem mit dem Auto zu erreichen ist, da ihr sportliche Einlagen mit der Angelkarre nicht im Blut liegen. Hat sie eine solche Stelle gefunden, stellt unsere Anglerin zunächst ihren Stuhl auf und nimmt mit Blick auf das Wasser Platz. Schon bläst ihr der Nordost kräftig ins Gesicht, was ihr natürlich nicht behagt. Also Stuhl ins Auto. Dann sucht unsere Fischersmaid weiter und findet eine windgeschützte kleine Bucht, Schilf bewachsen, die ringsum mit Büschen und Bäumen bestanden ist. Erneute Sitzprobe. Kein Nordost. Allerdings versperren die Sträu-

113

cher jegliche Sicht auf den restlichen Teich, sodass sie weder das Geschehen bei ihren Kollegen beobachten kann noch selbst von diesen wahrgenommen wird. Es wäre allerdings misslich, wenn sie etwas Größeres fängt und niemand sieht es. Also Stuhl ins Auto, nächster Platz, erneute Sitzprobe. Kein Nordost, beste Sicht, aber kein Bewuchs. Weder ein Schilfgürtel, noch Seerosenfelder, nicht einmal überhängende Büsche sind vorhanden. Hier sieht es nicht nach Fisch aus, nur kahl. Ein Schneidertag ist vorprogrammiert. Also Stuhl ins Auto. Neuer Platz. Neue Sitzprobe. Sieht sehr fischträchtig aus, hat aber den Nordost direkt von vorn. Zudem keine Sicht auf den restlichen Teich. Also Stuhl ins Auto. Da unsere Anglerin keine weitere Stelle findet, die bequem mit dem Auto zu erreichen ist, fährt sie zum ersten Platz zurück. Hier sitzt inzwischen ein Petrijünger, den der Wind nicht stört, da er einen Schirm aufgespannt hat. Ihr bleibt nur die kleine schilfgesäumte Bucht und eine Stunde bis zum Einbruch der Dunkelheit. Dort baut sie nun in der ihr eigenen Art ihre Gerätschaften auf und bringt irgendwann die Ruten ins Wasser.

Eigentlich beginnt jetzt der entspannte Teil des Angelns und die Fischerin sollte in aller Ruhe der Dinge harren, die da kommen. Aber anstatt ihre Schwimmer und sonstigen Bissanzeiger im Auge zu behalten kommt ihr der Gedanke, dass möglicherweise ein Spaziergänger vorbeischauen könnte, um sich nach ihrem Fang zu erkundigen. Für diesen Fall möchte Frau natürlich gut aussehen, kontrolliert noch mal das Make-up und zieht den Lidstrich nach. Wo sie denn schon so am Rumkramen ist, kann auch gleich die ganze Angeltasche mit aufgeräumt werden. Ein paar verpuppte Maden werden entsorgt und an die stets hungrigen Meisen verfüttert. Das alte Brot wird einer Entenfamilie mit Küken gespendet. Wie niedlich! Die Anglerin beschließt, mit ihrem Smartphone ein hübsches Foto zu schießen. Da es ihr so gut gelungen ist, schickt sie es sofort an ihren Mann und ihre Freundinnen und erhält postwendend mehrere Rückantworten mit dem Inhalt „Wie süß! Wo bist du eigentlich?" Diese Anfragen müssen selbstverständlich beantwortet werden. Ihr Mann, der sie kennt und deshalb erst gar nicht fragt, ob sie etwas gefangen hat, will wissen, ob die andern Angler Erfolg hatten. Mit dem Handy in der Hand und gebannt auf dessen Bildschirm starrend begibt sich unsere Sportfreundin dorthin, wo sie den ersten Platz einsehen kann, an dem der Angler mit dem Schirm sitzt. Da sieht alles ruhig aus. An ihrer eigenen Angelstelle übrigens auch, denn dort hat ein Karpfen gebissen und ist mit samt der Angelrute verschwunden. Man kann noch sehen, wie die Rute auf dem See ihre Runden dreht. Das bemerkt natürlich auch der Sportfreund am Nachbarplatz. Am Stammtisch wird er lachend darüber berichten und mit dem Satz schließen „Frauen können eben nicht angeln!"

Diese Neigung zum Multi-Tasking behindert Frauen auch sonst im Leben mehr, als es ihnen nützt, selbst in ihren ureigensten Fachgebieten. Können sie in der Modewelt wenigstens noch halbwegs mit der männlichen Konkurrenz mithalten, sieht es bei der Kreation von Haarschnitten schon äußerst mau aus oder kennen Sie eine Friseurin von Weltruf? Selbst in der Küche können die Mädels nicht wirklich etwas reißen. Die Starköche sind alles Männer. Frauen sind dagegen meistens nur schwierig!

Kapitel 17

Alte Schätzchen

Sie glauben doch wohl nicht im Ernst dass ich damit meine Carolin meinen könnte? Ich bin zwar mutig, manchmal sogar wagemutig, niemals aber übermütig. Man zieht ja auch nicht aus Langeweile einen Tiger am Schwanz.

Gemeint ist vielmehr lieb gewonnenes altes Gerät, das zwar längst nicht mehr dem Stand der Technik entspricht, am Wasser aber niemals fehlen darf. Ich selbst habe eine Rute der Fa. DAM, die mich seit 40 Jahren immer wieder begleitet und die selbst beim Wettfischen nicht fehlen darf, da sie, wie schon der Name „Tele-All-round" sagt, universell einsetzbar ist. Außerdem bringt sie Glück. Was hat sie mir schon für schöne Fische beschert!

Gekauft hatte ich das Prachtstück in meinem ersten Jahr als Student. Ich wollte damals eben nicht nur studien-, sondern auch angeltechnisch richtig angreifen. Die Rute war seinerzeit eine echte Innovation. Längst vorbei war die Zeit der Bambusgerten, Vollglas schon von Hohlglas abgelöst worden. Jetzt war ein völlig neues Material auf den Markt gekommen, ein Nebenprodukt der Raumfahrt: Kohlefaser! Die daraus gefertigten Ruten bestanden nur aus Extremen: extrem leicht, extrem schlank, extrem belastbar, extrem teuer. Heute bekommt man so ein Teil bereits für 50 Euro, damals musste man noch eine Null dranhängen. Also nichts für einen Studenten, sonst wäre gleich das gesamte Monatseinkommen weg gewesen. Auch war zu dieser Zeit, anders als heute, der Gedanke, so viel Geld für eine

Angel auszugeben, einfach abwegig. Da der kostenintensivste Posten die Kohlefasern selbst waren, kam die Industrie auf die geniale Idee, diese mit den herkömmlichen Glasfasern zu vermischen. Das Ergebnis war ein leichtes robustes Gerät zu einem kleinen Preis.

Mein Schmuckstück hat in den letzten Jahren schon viel überstanden, unter anderem das Beinahe-Ende meiner Anglerkarriere. Das war der Tag, an dem ich bis auf mein altes Schätzchen mein komplettes Gerät geschrottet habe. Im Gegensatz zu heute war der Vorrat an Angeln, die man in der Garage aufbewahrte, noch überschaubar. Ich hatte vielleicht fünf oder sechs komplette Ruten. Eine davon lag, da sie sich auf eine handliche Länge zusammenschieben ließ, einsatzbereit auf der Rückbank meines Wagens. So konnte ich auch dann mal ein paar Würfe am Wasser machen wenn ich eigentlich keine Zeit hatte.

An jenem Unglückstag hatte ich aber Zeit zur Genüge und wollte mal wieder den ganzen Tag hemmungslos angeln. Dementsprechend sorgfältig war ich mit dem Packen meines alten Ford Sierra beschäftigt, der später dann die Geburt von Max erlebt hat. Aber das ist eine andere Geschichte.

An jenem Tag war ich also mit dem Verstauen meiner Utensilien beschäftigt, wobei man zweckmäßigerweise die schweren und robusten Teile zuerst verlädt und die empfindlichen Ruten zum Schluss oben drauf packt. Ich war schon fast fertig, als mich mein anderes Schätzchen zu sich rief, um mir noch irgendeine unwichtige Arbeit aufzuhalsen. Nach deren Erledigung verabschiedete ich mich knapp und setzte mich zügig ins Auto, bevor Carolin sich noch eine Freizeitbeschäftigung für mich einfallen lassen konnte. Motor an, Rückwärtsgang rein, kurz der Frau zurückwinken, Gas geben und los. Ein ohrenbetäubendes Krachen und meine komplette Rutensammlung lag platt unter den Hinterreifen. Mein eines Schätzchen hat sich erstaunlich schnell aus dem Staub gemacht, das andere lag heil auf der Rückbank. Meine einzige intakte Rute. Da diese bereits 12 Jahre alt war, stand ich kurz davor, sie auch noch zu verschrotten und mich einem anderen Hobby zuzuwenden. Nach und nach habe ich mir dann neues Gerät angeschafft, was sich aus finanziellen Gründen über Jahre hingezogen hat, sodass meine alte Rute immer noch mit musste.

Da sie mit 4,5 m eine praktische Länge und mit 40 g Wurfgewicht auch für größere Fische kräftig genug war, konnte man sie immer und überall einsetzen. Dass inzwischen nur noch zwei der Originalringe vorhanden waren und die Abschlusskappe ganz fehlte, störte mich nicht sonderlich. Wichtiger war mir, dass mit meinem Museumsstück fast jeder Anhieb saß und alle Fische sicher gelandet werden konnten und zwar von der kleinen Plötze bis zum mittelprächtigen Hecht oder Karpfen. Mein altes Schätzchen war insoweit ein echter Glücksbringer, wurde aber leider nicht mehr produziert. Jahrelang habe ich vergeblich nach einer solchen Allzweckwaffe gesucht, bis ich schließlich bei Ebay fündig wurde. Dort wurde eine nagelneue Tele-Allround 40 angeboten, allerdings in anderer Länge und Teilung. Erfreut nahm ich das Gerät zu Weihnachten von Max entgegen. Trotzdem war es am Wasser nicht das Gleiche. Irgendwie fehlte der neuen Angel die Patina. Auch den Fischen roch sie noch zu neu. Also muss mein altes Schätzchen wohl bis zum Ende meines Anglerlebens halten.

Kapitel 18

Wie man Fische wirklich fängt – Dichtung & Wahrheit

Noch nie ist das Fangen von Fischen so leicht gewesen wie heute – zumindest theoretisch. In meiner Jugendzeit fischte man mit Ruten, die „Tele-Allround" oder ähnlich hießen und hatte sowohl Allroundrollen als auch -haken. Wer drei Ruten sein Eigen nannte, war bestens für alle Fälle gerüstet. Dazu ein Klappstuhl, ein altersschwacher Kescher und selbstgeschnitzte Rutenhalter und schon konnte man ans Wasser. Das Ganze konnte man in einer Hand tragen.

Mit viel Erfahrung musste der Petrijünger unter Berücksichtigung der Jahres- wie der Tageszeit und des Wetters einen geeigneten Angelplatz sowie eine Angelmethode und einen passenden Köder auswählen, um Erfolg zu haben. Die alten Hasen waren klar im Vorteil. War dann der erste Schuppenträger gefangen, konnte man feststellen, was die Fische heute so alles fressen. Zu diesem Zweck wurde ihnen der Magen aufgeschnitten und der Inhalt fachmännisch untersucht, eine Unart, die es so wohl nur in Anglerkreisen gibt. Der eigene Köder wurde dann dem Ergebnis angepasst. Meist handelte es sich um Naturköder, die im oder am Gewässer zu finden waren. Damit liegt man auch heute noch meistens richtig.

Hinsichtlich der Methode gab es, abgesehen vom Spinn- und Fliegenfischen, grundsätzlich zwei gängige Montagen. Entweder versuchte der Angler es mit einem Laufblei, und benötigte dann eine zusätzliche Bissanzeige wie beispielsweise eine Glocke, oder er wählte eine Posenmontage, bei der der Schwimmer den Biss anzeigte. Außer dem Wohlwollen des Petrus gab kaum Hilfen. Trotzdem fing man seinen Fisch, der eine mehr, der andere weniger. Heutzutage sind die Hilfsmittel, Gerätschaften und das zur Verfügung stehende Informationsmaterial um ein Vielfaches umfangreicher. Unbestreitbar ist es auch, dass immer mehr immer größere Fische gefangen werden. Dies liegt einerseits daran, dass insbesondere Karpfen durch massives Füttern mit hochkalorienreichen Boilies regelrecht zu wahren Wasserschweinen herangemästet werden. So fette Muffmolche wie heute gab es früher einfach nicht.

Ein weiterer Grund ist die erhöhte Tragkraft des verwendeten Gerätes. Der Fang eines Welses von über zweieinhalb Metern Länge und von mehr als 100 Kilo Gewicht ist nur mit modernen geflochtenen Schnüren möglich. Die alten monofilen Leinen mit einer Tragkraft von 10 kg sind bei solchen Fischen einfach abgerissen.

Hinzu kommt, dass mit modernstem Gerät neue Angelplätze erschlossen worden sind, die mit den alten Vollglasruten nicht zu erreichen waren. Kohlefaserruten sind einfach viel leichter und schlanker als die alten Teile aus Glasfasern oder gar Holz. Dadurch sind sie beim Auswerfen viel schneller und laden mehr Energie auf. In Verbindung mit den dünnen geflochtenen Schnüren erreicht man bei gleichem Wurfgewicht problemlos die doppelte Reichweite.

Auch neue Methoden tragen ihren Teil zu Fangerfolgen bei. Steckten unsere Vorfahren noch gekochte Kartoffeln auf große Haken, so knoten die heutigen Karpfenangler mittels einer haarfeinen Schnur einen Boilie an einen relativ kleinen, aber stabilen Haken. Hair-Rig nennt man das Ganze. Gefangen werden selektiv große Karpfen, da kleine Fische den großen Köder nicht überschlucken können.

Neuartige Hilfen sind Fangzeittabellen, Beißindex und Angelwetterinformationen, GPS zur Navigation und elektronische Fischfinder, die einem sogar einzelne Fische am Gewässergrund zeigen. Diese Begriffe muss ich Ihnen natürlich näher erläutern. Fangzeittabellen werden in einigen Angelzeitschriften abgedruckt und sollen angeben, wann im Verlauf eines Tages mit dem Anbeißen eines Fisches zu rechnen ist. Es gibt „kleine" Fangzeiten, die ca. 1 1/2 Stunden andauern, und „große", die uns bis zu 2 1/2 Stunden beschäftigen. Diese Zeiten sind unterschiedlich, je nachdem ob man im Norden, Süden, Osten oder Westen des Landes angelt. Sie lassen sich exakt für den jeweiligen Ort berechnen. Außerdem verschieben sie sich pro Tag um etwa eine Stunde nach hinten, was vermuten lässt, dass sich die Verantwortlichen an die Gezeitentabelle drangehängt haben.

Beißindex und Angelwetterinformationen werden vom Deutschen Wetterdienst herausgegeben und sind teilweise auch in Tageszeitungen veröffentlicht. Auf einer Skala von 1 bis 10 sind die voraussichtlichen Beißlaunen einzelner Fischarten für das jeweilige Bundesland verzeichnet. Und zwar für Tage im Voraus. Eine zugegebenermaßen gewagte Vorhersage. Wenn es am Karfreitag zum Mittagessen Fisch geben soll, braucht der Angler also nur am Dienstag einen Blick in den Beißindex zu werfen, um festzustellen, dass der Index am Freitag für Forellen eine „10" ausweist und die Hauptfangzeit mit neun Uhr angegeben ist. Die zum Mittag benötigten Flossenträger kann er dann problemlos Freitag am Vormittag fangen. Alternativ kann er immer noch darauf zurückgreifen, etwas Leckeres beim Dönermann zu besorgen.

GPS ist ein Navi für Fußgänger oder Boote, mit dessen Hilfe Angelfreunde sowohl ganze Gewässer als auch einzelne Stellen im See wiederfinden können. Sehr hilfreich für Leute, die zu dumm sind, eine Karte zu lesen.

Mittels eines Fischfinders lassen sich Bodenstruktur und Wassertiefe eines Gewässers feststellen. Moderne Geräte zeigen sogar Fischschwärme oder einzelne große Wasserbewohner an. Angeblich soll es sogar möglich sein, auf dem Bildschirm zu verfolgen, wenn ein kapitaler Räuber den Köder nimmt.

Ein gut ausgerüsteter Petrijünger, der einen starken Hecht fangen möchte, braucht also nur in den Beißindex seines Bundeslandes zu schauen, wann für die gewünschte Fischart eine „10" vorhergesagt ist. Anhand der Beißzeittabelle kann er feststellen, wann er am Gewässer zu erscheinen hat. Eine geeignete Stelle im See findet er per GPS. Nun braucht unser Freund nur noch den Fischfinder anzuschalten und nach einem Großhecht Ausschau zu halten. Diesem hält er den Köder so lange vor die Nase, bis er auf dem Monitor erkennt, dass seine Beute zugefasst hat. Hinterher kann er gegenüber den Kollegen immer noch behaupten, er habe den Fisch aus Gründen des Bestandsschutzes wieder schwimmen lassen. Catch and release nennt man diese Variante der Erfolglosigkeit neuerdings.

Soviel zur Theorie. Diese Methode des Angelns wird so oder zumindest so ähnlich in Fachzeitschriften angepriesen. Fischfang mittels moderner Technik. Erfahrung ist nicht gefragt. Wissen schon gar nicht. Die Weisheit „Wissen ist Macht" gilt heute nicht mehr. Dies bemerkt man in allen Belangen des täglichen Lebens. Ich will Ihnen dies anhand eines Beispiels verdeutlichen.

Noch die Generation meiner Großeltern konnte auf Verlangen jederzeit Schillers „Glocke" einwandfrei in voller Länge und passender Betonung rezitieren. Bis ins hohe Alter. Der Generation meiner Eltern gelang dies zumindest noch mit mehreren längeren Passagen. Ich hingegen kenne nur die ersten Zeilen des Gedichtes auswendig. Die Generation meines Sohnes hat allenfalls vage Vorstellungen vom Dichter und würde auf dem Handy den Begriff „Glocke" googlen. Mein Enkel wird auf die Nachfrage nach Schillers „Glocke" mit einem coolen „Fack ju, Göhte!" antworten. Mein Urenkel wird darüber nicht einmal mehr lachen können.

Kommen wir nun zur Praxis und münzen mein Beispiel auf die Angelei um. Seit Urzeiten ist der Wurm der Universalköder aller Petriejünger. Es gibt ihn fast überall und in allen gängigen Arten und fängigen Größen. Außer etwas Mühe kostet er gar nichts. Man kann ihn ausgraben, unter Steinen und Brettern finden oder des Nachts bei

Regen mittels einer Taschenlampe im Garten sammeln. Aufbewahrt wird er traditionsgemäß in mit Erde und Laub gefüllten Maurerkübeln oder Eimern. Es besteht also kein Mangel an kostenlosen, quicklebendigen, erdig riechenden Würmern. Das allerdings war der Angelindustrie ein Dorn im Auge, denn wenn etwas kostenlos ist, lässt sich damit kein Gewinn erzielen. Also ging man daran, die Krabbler zunächst im großen Stil zu züchten. Verkauft wurden sie in durchsichtigen Plastikdosen für eine Mark pro gut gefüllter Dose. Die so vermarkteten Köder waren allerdings etwas temperaturanfällig, sodass sie im Winter in des Fischers Hosentasche und im Sommer im Kühlschrank gelagert werden mussten. Zudem waren die runden Dosen für Lagerung und Transport unpraktisch. Also entwickelten kluge Köpfe eine viereckige, temperaturisolierende belüftete Styroporbox. Darin befinden sich exakt 12 Würmer für 2,95 Euro. Seither sucht niemand mehr seine Krabbler selbst. Eigentlich ist dies schade, denn die gekauften Köder sind steril und geruchsneutral und von der Fängigkeit her mit einem erdfrischen quicklebendigen Wurm gar nicht vergleichbar. Außerdem stellen sie einen erheblichen Kostenfaktor dar, da beispielsweise Welsangler schnell mal ein Dutzend dieser Burschen auf einmal am einen einzigen Haken hängen. Die Beköderung von drei Ruten kostet somit neun Euro. Für einen dreitägigen Ansitz sind die Köder mit 100 Euro schon knapp kalkuliert. Außerdem benötigt der Sportfreund allein für die Würmer eine zusätzliche Tasche.

All diese Neuerungen, die es in unserem Hobby gibt, müssen ja irgendwo einen Ursprung haben, und ich habe so den Verdacht, dass uns Fachzeitschriften und Geräteindustrie Hand in Hand gemeinsam einen Bären aufbinden. Mit ins gleiche Boot genommen hat man dabei die sogenannten „Profiangler". Das ist durchaus nachvollziehbar, denn welcher Idiot würde über Jahre hinweg eine Zeitschrift abonnieren, wenn immer wieder nur die gleichen Methoden erläutert werden? Etwas Neues muss also her und zwar jeden Monat. Dem folgt natürlich die Geräteindustrie, denn man kann selbst dem unbedarftesten Sportfischer nur eine begrenzte Zahl an Allroundruten andrehen. Mit „So eine habe ich schon!" lassen sich keine Verkaufszahlen ankurbeln.

An dieser Stelle kommen die „Profis" ins Spiel. Gesponsert von den Angelgeräteherstellern sollen sie jeden Tag das Rad neu erfinden, also Methoden entwickeln, die keiner kennt und die völlig neues Gerät voraussetzen. So wird laufend Bedarf an innovativen Angeln, Rollen und Haken kreiert. Die Zeitschriften greifen die Berichte der Profis umgehend auf, um ihren Lesern interessanten Lesestoff zu vermitteln. Auf die naiven Anfragen einiger Petrijünger, ob man für die neue Methode nicht auch die vorhandene Allroundrute verwenden könne, wird mit vehementer Ablehnung und Spott reagiert: „So ein Quatsch geht ja gar nicht."

Letztendlich wird so ein Bedarf geschaffen und das dafür benötigte Gerät sofort zur Verfügung gestellt in der Hoffnung, dass die neue Methode den einen oder anderen Kapitalen an den Haken bringt. Manchmal klappt das ausgezeichnet. So hat das bereits erwähnte Angeln mit Boilies nicht nur das Karpfenangeln revolutioniert, sondern einen riesigen Markt für Futter, Köder und Zubehör eröffnet. Andere Neuerungen konnten sich nicht so recht durchsetzen und die zugehörigen Gerätschaften werden im Angelkatalog des nächsten Jahres als besondere Schnäppchen angepriesen.

Mein Sohn Max hat gezeigt, dass es auch andersherum geht: erst den kapitalen Fisch gefangen und dann den passenden Köder kreiert.

Max braucht von Zeit zu Zeit ein überragendes anglerisches Erfolgserlebnis, etwa einen randvollen Eimer Forellen oder ähnliches. Aus diesem Grund sucht er gelegentlich einen Forellenteich in Osloss auf, der auf Grund seines guten Besatzes stark frequentiert wird. Damit er so richtig zuschlagen kann, besorgte sich mein Junge eine Nachtkarte, um sein Glück auf Störe zu versuchen, die in diesem Gewässer durchschnittlich ein bis drei Kilo auf die Waage brachten. Dementsprechend hatte er eine 0,30er Schnur und einen 6er Haken gewählt. Außerdem umwickelte er sein Vorfach auf Anraten des Teichbesitzers mit einem speziellen Teig, dessen fischiger Geruch die Störe an seinen Angelplatz locken sollte.

Und so harrte Max an dem schönen Sommerabend zusammen mit zwei Freunden der Dinge, die da kommen sollten. Kurz vor 22 Uhr – es war schon fast dunkel – meldete sich seine rechte Rute. Nichts Dramatisches, nur leichtes Auf- und Abzuckeln. Plötzlich nahm der Fisch jedoch Schnur und das nicht zu knapp, was mein Sohn mit einem kräftigen Anschlag quittierte. Die Reaktion kam prompt. Der Kapitale riss mit der Kraft einer Lokomotive die Leine von der aufkreischenden Rolle und zwar so schnell, dass die Platznachbarn trotz sofortiger Warnung ihre Ruten nicht mehr aus dem Wasser bekamen. Der gewaltige Fisch verhedderte sich in mehreren Geräten und zog auch diese mit durch den Teich. Jetzt nahm er richtig Fahrt auf und schoss auf das gegenüberliegende Ufer zu. Dabei zog er so viel Schnur von der Rolle, dass der Spulenkern bereits durchschimmerte.

Höchste Zeit, ihm hinterher zu gehen! Max stürzte sich mit voller Montur ins Wasser und folgte seinem Gegenüber. Immer tiefer wurde das Wasser, und mein Sohn stand schon bis zum Hals im Teich und drillte mit der über den Kopf gereckten Rute. Der Fisch kam immer noch nicht zum Stehen. Tiefer ins Wasser konnte Max nun nicht mehr und sein Schnurvorrat ging zu Ende. Er musste eine Entscheidung herbeiführen – so oder so – und blockierte die Spule mit der Hand. Der Kapitale konnte nun nicht mehr weiter. Würde er die Schnur sprengen oder die Flucht stoppen? Inzwischen hatten sich etwa 20 Zuschauer eingefunden und beobachteten den ungleichen Kampf. Da! Jetzt stieg der Fisch und er sprang aus dem Wasser, um den Haken abzuschütteln. Alle konnten sehen, dass ein gewaltiger Stör am anderen Ende der Leine kämpfte; aber seiner Flucht war vorerst Einhalt geboten. Nun ging es darum, ihn langsam aber sicher wieder heran zu kurbeln. Begleitet wurden diese Bemühungen von den guten Ratschlägen der Umstehenden, die gebannt jede Bewegung verfolgten. Zäh wehrte sich der Stör gegen alle Bemühungen, ihn näher ans Ufer zu bringen, und geduldig fing Max alle Fluchtversuche seines Gegenübers ab. Seit dem Anbiss war eine gute Stunde vergangen und allmählich schienen die Kräfte des Fisches nachzulassen. Mein Sohn krabbelte Meter für Meter wieder Richtung Ufer, und sein Freund René kam ihm mit einem riesigen Kescher entgegen. Gemeinsam versuchten sie, die Beute in das große Netz zu bugsieren. Aber sie hatten die Rechnung ohne den Wirt gemacht, denn der Fisch merkte plötzlich, worum es ging, gab wieder Vollgas und sprang erneut aus dem Wasser, jetzt dicht am Ufer. Ein Aufstöhnen der Zuschauer und eine Schrecksekunde für Max. Er hatte den Kontakt zum Stör verloren und glaubte seine Schnur sei gerissen. Doch nein, mit einem Mal hatte er erneut Widerstand an der Rute und der ganze Zirkus ging von vorne los. Wieder zog die Schnur mit voller Kraft Richtung des gegenüberliegenden Ufers, wieder musste der Angler bis zum Hals ins Wasser und wieder begann das zähe Ringen um jeden Meter zurück gewonnener Schnur. Erneut musste sich der Freund mit dem Kescher in die Fluten stürzen und diesmal klappte es. Der Riese war in den Maschen des Netzes gefangen und konnte vorsichtig ans Ufer bugsiert werden. Er brachte bei einer Länge von 152 cm über 28 Kilo auf die Waage und war der größte je im Teich gefangene Fisch.

Der glückliche Fänger besorgte ein paar Kisten Bier aus der Tanke und feierte mit den Zuschauern seinen Erfolg. Die Platznachbarn musste er dabei über die abgerissenen Montagen hinwegtrösten.

Der Fang hatte noch ein kleines Nachspiel: den fischigen Teig, den Max vor seinen Köder geknetet hatte, gibt es jetzt unter dem Namen „Oslosser Störteig" zu kaufen, verpackt in einer Plastikdose mit einem aufgedruckten Foto, das den stolzen Angler nebst seiner Beute zeigt.

Kapitel 19

Schwarzangler

Schwarzanglern haftet seit jeher – ähnlich wie Piraten – etwas Romantisches an. In beiden Fällen völlig zu Unrecht.

Schwarzangler sind nicht Buben in kurzen Hosen, die an warmen Sommertagen mit selbstgesuchten Würmern und einem Holzstecken am Teich sitzen und gelegentlich eine Plötze fangen. Hier handelt es sich, auch wenn die Jungs nicht über einen Angelschein verfügen, um Nachwuchsangler. So oder ähnlich haben wir alle mal angefangen, milde belächelt von den alten Hasen. Viele Kollegen sind völlig zu Recht der Auffassung, man solle die Burschen einfach gewähren lassen. Irgendwann werden sie Gefallen an der Sache finden, in einen Verein eintreten, die erforderlichen Prüfungen ablegen und zu gestandenen Anglern heranwachsen.

Schwarzangler sind auch nicht die Kollegen, die dem Reiz des Abenteuers nicht widerstehen können, wenn sie von einer Brücke aus eine Forelle im klaren Wasser stehen sehen. Unweigerlich verspüren sie den Zwang, das sich „zufällig" in der Tasche befindliche Schnurknäuel abzuwickeln und mit einem rasch gesuchten Wurm beködert zu Wasser zu lassen. Wer könnte ihnen dies verdenken. Dieser Drang überkommt uns alle jedes Mal, wenn wir an einem fremden Gewässer stehen. Wem zuckt nicht der Wurfarm, wenn er im nahe gelegenen Schongebiet oder Sperrbezirk einen Hecht rauben sieht? Nur mal eben die Grenze zum Verbotenen überschreiten beziehungsweise überwerfen. Das hat doch jeder schon mal gemacht. Wer hier ohne Schuld ist, der werfe den ersten Stein!

Als junger Bursche wohnte ich nahe der Grenze zur DDR. Die Ostzone, so nannten wir das damals, war keine zwei Kilometer entfernt, und die Aller im Nachbarort war der Grenzfluss. Ein Ufer gehörte uns, das andere „denen da drüben". Nun kam die Aller aus dem Gebiet der DDR, machte eine Kurve und bildete dann die Grenze. Natürlich hätten wir gern „drüben" geangelt, einfach weil die Kirschen in Nachbars Garten süßer sind. Das war durchaus machbar, wenn man die Aller überquerte und die Angel mit einem gezielten Weitwurf im Nachbarland platzierte. Die Strömung trieb dann Pose und Köder wieder zurück. So haben wir es so lange praktiziert, bis die Grenzschutzbeamten auf unser Treiben aufmerksam wurden und dieses zu unterbinden versuchten. Zunächst probierte die Gegenseite, die volkseigenen Fische mit einer motorisierten Patrouille zu schützen. Ein hoffnungsloses Unterfangen, denn wir bemerkten den Geländewagen schon von weitem und waren auf der Hut. Dann wollte man uns mittels einer Hundestreife beikommen. Aber auch die bemerkten wir, da die an der Grenzbefestigung angeleinten Wachhunde anschlugen, sobald sich die Streife näherte. Tatsächlich erwischt haben die Grenzer irgendwann einen von uns, als sie sich im Schilfgürtel des Ufers versteckten und unseren Kameraden ergriffen, als er gerade die Angel auswarf. Er wurde mitgeschleppt und nach drei Tagen Verhör wieder freigelassen. Spannendes hatte er nicht zu berichten und so ließen wir die Grenzangelei, da sie allmählich langweilig wurde. Wir haben uns übrigens nicht eine Sekunde als Schwarzangler gefühlt.

Die wahren Schwarzangler angeln ganz bewusst ohne gültige Papiere oder Erlaubnis. Und wenn sie schon gegen Regeln verstoßen, dann gleich gegen alle! Schonmaße, Fangbegrenzungen, Tier- und Umweltschutz sind ihnen genauso gleichgültig wie jegliche Vernunft. Meist treiben sie des Nachts ihr Unwesen, die dreisteren unter ihnen scheuen aber nicht das Tageslicht. Sie schrecken auch nicht vor unerlaubten Methoden wie dem Karbid-Angeln, dem Stellen von Reusen oder der Elektrofischerei zurück. Es ist sogar schon vorgekommen, dass ganze Teiche abgelassen wurden und die Fische auf dem Trockenen eingesammelt wurden. Kurz gesagt: die Schwarzangler richten immense Schäden an und sollten strengstens verfolgt werden.

Ich habe zusammen mit Max und zwei seiner Freunde vor einigen Jahren einen schönen Steinbruch angepachtet, der sich durch unsere Besatzmaßnahmen zu einem wahren Schmuckstück entwickelt hat. Das Gewässer ist sehr abgelegen, sodass eigentlich niemand „zufällig" vorbeikommt. Trotzdem kontrollieren wir den Teich regelmäßig. Bei dieser Gelegenheit werfen wir auch immer altes Brot oder Brötchen ins Wasser und erfreuen uns an den Fischen, die schmatzend die ihnen zugedachten Leckereien vertilgen. Im Juni 2017 hatten wir plötzlich das Gefühl, die Fische würden scheuer werden und nicht alle, die man vom Ansehen her kannte, ließen sich noch blicken. Dann entdeckten wir an zwei Stellen leere polnische Bierflaschen und Zigarettenstummel, außerdem eine leere Madendose, und in einem Baum hing eine abgerissene Pose. Kein Zweifel, wir hatten Besuch von Schwarzanglern!

Sofort leiteten wir Gegenmaßnahmen ein. Angelverbotsschilder hängten wir an die Bäume und verstärkten die Kontrollen. Außerdem überwachten wir das Gelände mit Hilfe einer Wildkamera, die aber leider nur im Wind schwingende Äste aufnahm. Leider entdeckten wir im Wasser zwei tote Hechte. Vermutlich hatte jemand ohne Stahlvorfach geangelt, sodass die Fische die Schnur durchbeißen konnten und an den Haken verendeten. In der Folgezeit zeigten sich unsere Karpfen kaum noch. Und immer wieder fanden wir leere Bierflaschen und Köderdosen.

Anfang September in der Abenddämmerung war es dann soweit. Einer von Max' Freunden hatte zwei Polen auf frischer Tat ertappt und sowohl die Polizei als auch alle Mitpächter per Handy alarmiert. Die Streife traf zuerst ein und erwischte die beiden mit der Angel in der Hand, aber ohne einen Fisch. Wir Übrigen kamen kurze Zeit später. Ich drückte dem Beamten meine Visitenkarte in die Hand, notierte mir seinen Namen sowie den der beiden Polen und auch deren Anschrift sowie ihren Arbeitgeber. Auf Grund meines geringen Vertrauens in die Ermittlungsbehörden beabsichtigte ich, zivilrechtlich mit Schadensersatzforderungen gegen die Schwarzangler vorzugehen, die nach Aufnahme ihrer Daten von den Beamten freundlich nach Hause geschickt wurden.

Bereits am nächsten Tag schickte ich den beiden Straftätern eine Zahlungsaufforderung über 500 Euro ins Haus einschließlich einer Kostenrechnung über meine außergerichtliche Tätigkeit. Insbesondere über die Höhe der Forderung hatte ich mir viel Gedanken gemacht. Da waren die beiden toten Hechte und mehrere gut erkennbare Karpfen sowie ein großer Döbel, die eindeutig verschwunden waren. Ferner rechnete ich hoch, wie viel Fisch ein halbwegs geschickter Angler pro Ansitz im Schnitt in unserem gut besetzten Teich fängt. Ferner berücksichtigte ich den Einsatz der Wildkamera, die Kosten der Verbotsschilder sowie den Zeitaufwand für die Überwachung des Teiches. Danach waren die 500 Euro das Minimum, was an Schaden entstanden war. Zudem erläuterte ich dem Arbeitgeber der beiden Polen, welche gerichtlichen Maßnahmen und Vollstreckungsmaßnahmen einschließlich Lohnpfändungen den beiden drohen könnten. Ich erwartete insoweit, dass mir eine vergleichsweise Abfindung angeboten wird. Umso erstaunter war ich, als zwei Tage später der komplette Forderungsbetrag einschließlich des Rechnungsbetrages auf meinem Konto einging. Die beiden Halunken wussten genau, welchen Schaden sie angerichtet hatten. Ich teilte der Polizei noch mit, dass die entstandenen Schäden beglichen worden sind und hielt die Angelegenheit damit für abgeschlossen.

Desto überraschter war ich dann, als zwei Wochen später ein Schreiben der Staatsanwaltschaft, genauer gesagt eines Oberstaatsanwaltes erhielt. Schau, schau, soweit nach oben gestuft? Ich hatte eher mit einem Amtsanwalt gerechnet. Neugierig öffnete ich den Brief. Der OStA teilte mir mit, dass das Verfahren gegen die beiden Polen wegen Geringfügigkeit eingestellt worden sei. Immerhin hätten sie keinen

Fisch gefangen. Nun setzt der Tatbestand der Schwarzangelei (der Fachausdruck lautet „Fischwilderei", § 293 StGB) nicht das Fangen eines Fisches voraus. Das Argument des OStA, es läge nur ein versuchter Diebstahl vor, greift nicht. Auch der Versuch eines Diebstahls ist strafbar. Erforderlich für die Einstellung wäre es gewesen, dass das Verschulden der Täter gering gewesen wäre und ein öffentliches Interesse an der Strafverfolgung nicht besteht. Weshalb sollte man die Schuld der Schwarzangler hier als gering ansehen? Überall an den Bäumen hingen die von uns aufgestellten Verbotsschilder. Da war er wieder, der Ausländerbonus der Strafverfolgungsbehörden. Nun ja. Gespannt las ich weiter, und nun verschlug es mir doch die Sprache.

Der Oberstaatsanwalt teilte mir mit, dass er ein Ermittlungsverfahren wegen Betruges gegen mich eingeleitet hatte. So sollte ich vom Geschädigten zum Täter gemacht werden. Das passiert in Deutschland übrigens häufig, etwa wenn sich ein Angegriffener zur Wehr setzt und den Angreifer dabei verletzt. Dann wird gegen den Angegriffenen wegen Körperverletzung ermittelt. Soweit kommt es, wenn man in einem Land lebt, in dem traditionsgemäß der jeweils Dümmste einer Familie entweder dem Staatsdienst oder der Kirche überantwortet wird.

Vorgeworfen wurde mir, dass einerseits der geforderte Schadensersatz viel zu hoch sei und andererseits ein Anspruch auf Schadensersatz nicht besteht, da ich diesen vor Gericht **niemals** beweisen könne. Bitte behalten Sie dies im Gedächtnis!

Nachdem ich die Argumentation des Oberstaatsanwaltes ausführlich widerlegt hatte, stellte dieser das Verfahren gegen mich wegen Geringfügigkeit (s.o.) ein. Zwar nur ein Freispruch zweiter Klasse, aber ich war die Angelegenheit allmählich leid.

Völlig von den Socken war ich dann, als ich zwei Monate später ein Schreiben der Generalstaatsanwaltschaft (also allerhöchste Stufe, haben eigentlich unsere Ermittlungsbehörden nichts Vernünftiges zu tun?) erhielt, in dem man mir mitteilte, dass gegen mich ein berufsrechtliches Verfahren eingeleitet worden sei. Vorgeworfen wurde mir, dass ich den beiden Polen meine außergerichtliche Tätigkeit in Rechnung gestellt hatte. Dies ist aber durchaus üblich. Ein solcher Anspruch sei aber nicht gegeben, führte der General aus, wenn es sich um einen einfach gelagerten Fall handelt, bei dem die Haftung von vornherein feststeht. Der OStA hatte mich noch verfolgt, weil er der Auffassung war, ich hätte meinen Anspruch **niemals** vor Gericht beweisen können. Ich sagte es bereits: Soweit kommt es, wenn man in einem Land lebt, in dem traditionsgemäß der jeweils…

Nur abschließend zum Juristischen: ein einfach gelagerter Fall liegt in der Regel dann vor, wenn die rechtliche Frage geklärt ist, etwa durch ein Anerkenntnis **und** keine Zweifel an der Durchsetzbarkeit bestehen, etwa weil eine Versicherung eintrittspflichtig ist. Von beidem ist man weit entfernt, wenn man nachts zwei polnische Schwarzangler erwischt. Demgemäß wurde das Verfahren gegen mich daraufhin eingestellt.

Die Frage, wie man sich nun gegen Schwarzangler zur Wehr setzen muss, wenn auf dem strafrechtlichen Weg das Verfahren eingestellt wird, also nichts passiert, und man auf dem zivilrechtlichem Weg Gefahr läuft, sich selbst strafbar zu machen, konnten mir weder der General noch sein Oberst verbindlich beantworten. Tatsache ist allerdings, dass eine einfache Körperverletzung nur dann verfolgt wird, wenn ein Strafantrag **und** ein besonderes öffentliches Interesse an der Strafverfolgung vorliegt…

Kapitel 20

König der Fischer

Einmal im Leben etwas ganz Besonderes erreicht zu haben, ganz oben auf dem Treppchen zu stehen, davon träumt wohl fast jeder einmal, obwohl der Fall von der Spitze recht tief sein kann.

Es gibt Posten, gegen die der Schleudersitz eines Tornado-Kampfjets ein Fliegenschiss ist. Zum Beispiel der Job des 1. Vorsitzenden bei der SPD. So hatte noch Genosse Müntefering im Oktober 2008 durchaus glaubhaft bekundet, der Parteivorsitz der SPD sei das schönste Amt neben dem des Papstes. Unklar ist, wie er ein gutes Jahr später darüber dachte. Dem mit 100 Prozent der Stimmen zum Parteivorsitz gewählten Martin Schulz blieb nicht einmal annähernd so viel Zeit im Amt. Zu früh gefreut hat sich möglicherweise Frau Nahles. Vielleicht kriegt sie ja in die Fresse. Bätschi! Ein ähnlicher Schleudersitz wie der Parteivorsitz ist noch der Posten eines Bundesligatrainers, etwa beim VfL Wolfsburg. Für solche Situationen greift das Dichterwort des Märchenerzählers Wilhelm Hauff: *„Gestern noch auf stolzen Rossen, heute durch die Brust geschossen."* Bitte nicht verwechseln mit dem Werbeslogan der Ross-Schlachter: *„Gestern geritten – heute mit Fritten."*

Andere lassen es eine Nummer kleiner angehen. Für viele Rheinländer wäre es ein Traum, einmal Prinz zu sein, in Kölle am Rhein. Darüber ist sogar ein Karnevalslied geschrieben worden. Selbst Bauer oder Jungfrau sind noch begehrte Rollen bei den Jecken. Und so staunte ich nicht schlecht, als ich anlässlich einer Kreuzfahrt mit der AIDA einen recht kleingewachsenen Mitreisenden kennenlernte, der behauptete, im letzten Karneval in Köln die „Jungfrau" gewesen zu sein. Was der gute Mann nicht wusste, war, dass Carolin mehrere Jahre bei BAYER in Leverkusen gearbeitet hatte und seit jener Zeit eine glühende Verehrerin von Alaaf & Co ist. In Folge dessen werde ich seit Jahren gezwungen, mir die wichtigsten Karnevalssitzungen anzusehen. Ich meldete daher Zweifel an, weil mir die „Jungfrau" im vergangenen Jahr deutlich größer vorgekommen war. Kleinlaut räumte mein Mitreisender daraufhin ein, dass er diese Position nicht direkt in Köln, sondern in einem mir unbekannten Stadtteil innehatte, worauf hin ich das Interesse an der Angelegenheit verlor.

Noch eine Nummer kleiner angesiedelt, aber immer noch mit großem Ansehen behaftet, sind die Schützenkönige. Allerdings ist eine solche Ehre mit enormen Kosten und einem hohen Zeitaufwand verbunden, da diese Auszeichnung mit allen befreundeten Schützenvereinen und einem gewaltigen Umtrunk gefeiert werden muss. Und selbstverständlich muss sich die Majestät bei allen Festen der Umgebung blicken lassen. Böse Zungen behaupten daher, dass der Schützenkönig schon vor dem eigentlichen Schießen ausgeguckt wird.

Am unteren Rand des Spektrums rangiert der Angelkönig. Keine großen Feste zu seinen Ehren. Nur eine beiläufige Erwähnung in der örtlichen Presse, keine Einladung zu befreundeten Vereinen. Allenfalls eine Kiste Bier direkt am Wasser nach dem Angeln. Trotzdem möchte es jeder einmal sein – **König der Fischer**. Dieser Wunsch ist so stark, dass man dem einen oder anderen Gewinner unlautere Machenschaften nachsagt. Nicht ganz zu Unrecht. So wird regelmäßig Manipulation bei der Auslosung der Plätze vermutet, wenn immer wieder Vorstandsmitglieder an den erfolgversprechendsten Stellen des Gewässers sitzen. Am beliebtesten sind dabei Endplätze, also die erste und die letzte ausgesteckte Angelstelle. Dort hat man auf der einen Seite keinen Nachbarn. Aus dieser Richtung kommen Fische, die an diesem Tag weder mit einem Angler noch mit ausgelegtem Grundfutter in Kontakt gekommen sind. Entsprechend hungrig und unvorsichtig sind die geschuppten Freunde. Der Vorteil an solchen Stellen soll so gewaltig sein, dass auf manchen Veranstaltungen die freien Außenplätze mit Kollegen besetzt werden, die später nicht in die Wertung kommen. Sie müssen sich das so ähnlich vorstellen wie beim Skispringen. Dort lässt man zunächst erst einmal fünf Springer ohne Wertung über die Schanze gehen.

Beliebt sind insbesondere "Entenplätze". Dort füttern alte Omas und deren Enkel regelmäßig die Wasservögel. Die Futterreste ziehen dann Karpfen und Weißfische an. Deshalb sind die Fangaussichten glänzend. Meist handelt es sich bei solchen Stellen um Bänke, die in der Sonne stehen und sich nahe einer Ortschaft oder einem Parkplatz befinden.

Um Schummeleien bei der Auslosung zu vermeiden, beobachten alle Anwesenden den Vorgang mit Argusaugen. Kommen wirklich alle Platznummern in den Hut? Wird die Losnummer wirklich sofort verlesen, ohne dass vorher die Hand Richtung Jackentasche ging? Pfui, was sind die Leute misstrauisch!

Mir selbst ist schon mehrfach bei Veranstaltungen mit freier Platzwahl unterstellt worden, ich würde meinen Platz vorher anfüttern. Diese Behauptungen entspringen reiner Böswilligkeit und Neid, denn es ist nicht einmal untersagt, vorher anzufüttern. Bei einem Angeln, bei dem alles erlaubt ist, sollte man alle Möglichkeiten voll ausnutzen. Alles andere wäre doch dumm. Es soll schließlich der beste Angler ermittelt werden. Und dieser zeigt sich eben nicht nur durch die Platzwahl, sondern auch durch geschicktes Füttern. Catch, as you catch can! Gegen die böswilligen Unterstellungen werde ich künftig mit einer Unterlassungsklage vorgehen.

Eine andere nette Geschichte möchte ich Ihnen aus meiner Studienzeit erzählen. Damals war ich häufig mit Gastkarten oder mit kurzzeitigen Vereinsmitgliedschaften unterwegs. Und so nahm ich an einem schönen Frühsommertag an einem Königsangeln teil. Die Fangerfolge bei solchen Veranstaltungen halten sich häufig in Grenzen, da einfach zu viele Kollegen am Gewässer rumlamentieren und die Fische damit verstimmen. Wichtig ist aber neben dem gemeinschaftlichen Erlebnis das Sich-Messen mit den Kollegen. Da möchte halt jeder in der Wertung so weit vorn wie möglich liegen.

An diesem Tag hatten sich einige Weißfische erbeuten lassen und wurden beim Wiegen fachmännisch beurteilt. Zu jedem Fang wurden zotige Bemerkungen gemacht. Das gehört einfach dazu. Es wurde auch das eine oder andere Bierchen getrunken und darüber gefachsimpelt, warum es heute mal wieder nicht so richtig beißen wollte. Die Erregung wuchs mit jedem weiteren Kollegen, der sich dem Wiegeplatz mit einer Tüte oder einem Eimer in der Hand näherte. Ihren Höhepunkt erreichte die Spannung, als Karpfen-Dieter auf der Bildfläche erschien, denn er hatte den Wettkampf in den letzten beiden Jahren jeweils mit einem schönen Karpfen für sich entschieden. In der Hand trug Dieter eine Plastiktüte mit offenbar gewichtigem Inhalt, im Gesicht ein siegessicheres Lächeln. Umständlich und um den Nervenkitzel zu erhöhen, lud er seine Gerätschaften betont langsam an seinem Auto ab und trat dann mit seiner Beute in den Kreis der Umstehenden. Aus seinem Beutel kippte er einen recht großen, etwas schmierig wirkenden Karpfen, dem zudem nahe der Schwanzflosse einige Schuppen fehlten, auf die Waage. Ein Raunen ging durch die Menge und niemand zweifelte daran, dass Karpfen-Dieter jetzt zum dritten Mal hintereinander König der Fischer werden würde.

Jetzt hielt ich ein kleines Späßchen für angebracht. „Also Dieter, das hätte ich ja wirklich nicht von dir gedacht! Du schleppst jetzt schon dass dritte Jahr hintereinander immer den gleichen eingefrorenen Karpfen hier an. Schon im letzten Jahr hatte ich so einen Verdacht und habe deinem Fisch zwei Schuppen entfernt. Sieh her!" Ich nahm zwei Schuppen aus meiner Brieftasche, die ich dort – wie viele Kollegen – seit Jahren als Glücksbringer aufbewahrte und hielt sie an den Fischschwanz. Totenstille. Dann brausendes Gelächter. Offenbar war mein Gag gut angekommen.

Was dann geschah hätte ich nie erwartet, und ich werde es mein Leben lang auch nicht vergessen. Karpfen-Dieter nahm mit hochrotem Kopf den Fisch von der Waage, murmelte einige Worte der Entschuldigung und machte sich mit schnellen Schritten Richtung Auto davon. Seitdem heißt er nur noch Dieter. Gestern noch auf stolzen Rossen...

Kapitel 21

Trophäen

Was dem Jäger sein Hirschgeweih an der Wand ist, ist dem Angler der präparierte Hechtkopf. Jeder erfolgreiche Angler möchte halt seine Fänge präsentieren. Daran rumzumäkeln haben hauptsächlich diejenigen etwas, die keinen vernünftigen Fisch vorzuweisen haben.

Der Stolz auf das eigene Können ist allzu menschlich. Wir alle zeigen gern unsere Erfolge jeglicher Art nach außen vor. Ein Foto von einem Kapitalen macht da viel her und ist ein bleibender Erinnerungswert. Zudem kann man in Anglerkreisen die Geschichte des Fanges in allen Einzelheiten wieder und wieder erzählen. Das wird keinem der Beteiligten zu langweilig. Noch mehr macht natürlich ein schönes Präparat her. Für so einen schönen Hechtkopf muss man schon mal rasch 250 Euro auf den Tisch legen. Dafür erhält man dann ein wirklich repräsentatives Schmuckstück. Den Weg meines Hechtes vom Platz unseres Hochzeitsfotos bis in mein Büro habe ich Ihnen ja bereits an anderer Stelle erzählt. Nun hängt er also über meinem Schreibtisch und erfreut meine Mandanten und deren Kinder. Man glaubt gar nicht, wie locker plötzlich die Menschen werden, wenn sie den Fisch sehen. Waren sie erst noch nervös und unsicher, fangen sie plötzlich selber an, von ihren Fängen zu berichten. Also bleibt der Hechtkopf zum Trotz der Grünen da, wo er ist.

Die hohen Kosten für eine Präparation sind allerdings meist Schuld daran, dass so mancher schöne Fischkopf langsam in der Kühltruhe vergammelt. Das wird, so fürchte ich, auch das Schicksal des Schädels des gewaltigen Störes sein, den Max gefangen hat. Das Ding hat ungelogen das Format zweier 10-Liter-Eimer und blockiert seit zwei Jahren meine Fischkühltruhe. Da mein Sohn in dieser Angelegenheit nichts unternimmt, werde ich ihn (den Kopf, nicht Max) irgendwann dezent entsorgen.

Den Kosten für eine Präparation steht der bleibende Erinnerungswert gegenüber. Das schöne Stück scheint unseren besten Fang naturgetreu wiederzugeben. Manchmal trügt allerdings der Schein.

Bei fürchterlichen Katastrophen bin ich offenbar immer zur falschen Zeit am falschen Ort. Nur am 11.09.2001 war ich glücklicherweise nicht dabei. Dafür hat mich der Ausbruch des Eyjafjallajökull, der im Jahr 2010 den Flugverkehr über ganz Europa lahmgelegt hat, voll erwischt. Carolin und ich hatten eine Woche Urlaub auf der AIDA-bella hinter uns und ahnten, da wir im Urlaub keine Zeitung lesen und keine Nachrichten schauen, nicht, was sich über uns zusammen braute. Erst beim letzten Abendessen im Hafen von La Palma wurden wir hellhörig, da uns Mitreisende darauf ansprachen, dass für den morgigen Tag die Rückflüge auf Grund des Windes in Gefahr seien. Meine Frau und ich sahen uns verständnislos an. Auf Nachfrage erfuhren wir, dass in Island ein Vulkan hochgegangen sei und der Wind die Aschewolke über Europa verteilte. Sorgen machten wir uns nicht, da wir uns im Mittelmeer befanden, also weit weg vom eigentlichen Geschehen. Auch klang die allabendliche mit Spannung erwartete Durchsage von „Kapitän Out", langjährige AIDA-Fahrer werden sich an ihn erinnern, da er seine beliebten Ansagen immer mit den Worten „Kapitän out" beendete, in keiner Weise beunruhigend. Also machten wir uns nach dem Essen auf zur Abschiedsparty. Die Feier war auf dem Höhepunkt, als der Kapitän sich meldete: „Auf Grund der Aschewolke brauchen Sie morgen das Schiff nicht zu verlassen. Es gehen keine Flüge zurück nach Deutschland. Kapitän out." Tosender Beifall auf dem ganzen Schiff. Die Party nahm jetzt erst richtig Fahrt auf. Die Ernüchterung kam gegen zwei Uhr. „Es hat eine Änderung gegeben. Die Gäste müssen morgen bis neun Uhr ihre Kabinen räumen. Kapitän out." Starres Entsetzen überall, denn niemand hatte gepackt, alle waren alkoholisiert und bis zur Räumung der Kabinen nur noch sieben Stunden, also allenfalls fünf Stunden Schlaf.

Was folgte, war eine von AIDA logistisch bestens organisierte Odyssee. Zumindest was diejenigen Passagiere anging, die diese Reise pauschal mit An- und Abreisepaket gebucht hatten. Die armen Schweine, die individuell angereist waren, hatten dagegen Pech. Sie wurden mit den Worten verabschiedet: „Sie sind ja allein angereist, dann werden Sie sicher auch allein zurückkommen. Verlassen Sie das Schiff bitte bis 11 Uhr. Kapitän out." Diejenigen, die ihr Gepäck bereits aufgegeben hatten, saßen auf dem Flughafen dann tagelang ohne Klamotten fest. Bei C&A in Palma gab es binnen weniger Stunden keine einzige Unterhose und kein einziges T-Shirt mehr.

Wir hatten es besser getroffen! AIDA hatte ihre Gäste wild zusammengewürfelt in Hotels verfrachtet und so landeten wir mit 30 lustigen Sachsen aus der Nähe von Leipzig in einem vornehmen englischen Hotel. Die Gentlemen staunten nicht schlecht, als ein Trupp gutgelaunter Kreuzfahrer singend in ihre beschauliche Unterkunft einrückte. Wir verbrachten dann noch eine knappe Woche auf Mallorca, bevor uns die Bella wieder aufsammelte und nach Marseille mitnahm. Von dort wurden wir mit Bussen zurück zu unseren Heimatflughäfen gekarrt. Alles bestens organisiert. Was blieb, war die Erinnerung an unsere Reisegruppe. Die Not hatte uns alle zusammengeschweißt. Jeder half jedem soweit es ging. Eine Gruppe bewachte, wenn es erforderlich war, das Gepäck, eine andere besorgte Bier für die Männer und Sekt für die Damen, eine Dritte blieb als Horchposten im Hotel für den Fall, dass es einen Rückflug gab. Wir aßen gemeinsam und gingen zusammen an den Strand. Die Stimmung war gut bis ausgelassen. Wir konnten ja doch nichts ändern. Zwischenzeitlich mussten wir noch das Hotel wechseln, da AIDA davon ausgegangen war, der ausgehandelte Preis beziehe sich auf ein Zimmer, der Hotelbesitzer diesen Preis aber pro Person haben wollte. So verbrachten wir fast eine weitere fröhliche Woche auf Mallorca, bis uns die Nachricht erreichte, dass uns die Bella am nächsten Tag nach Marseille bringen würde. Auf dem Schiff feierten wir eine schöne Willkommensparty, zu der wir mit den Worten: „Ein besonderes Willkommen unseren Freunden von der Aschefront. Kapitän out" begrüßt wurden. Am nächsten Tag folgte dann eine erneute Abschiedsparty, bevor wir uns am folgenden Morgen zu den Bussen begaben. Gerade als wir einsteigen wollten, donnerten die ersten Flugzeuge über uns hinweg. Die Aschewolke war verschwunden.

Erwischt hat mich ebenso eine andere Wolke und zwar eine radioaktive, als der Reaktor in Tschernobyl hochgegangen ist. Der damals vorherrschende Ostwind blies die strahlenden Partikel nach Westeuropa. Besonders betroffen war die Gegend um Regensburg. Und wo war ich? Genau, wenige Kilometer entfernt auf einem Angeltrip im Altmühltal. Einige meinen, dass ich damals dort einen weggekriegt habe.

Die Medien warnten seinerzeit vor einem zu langen Aufenthalt im Freien und daher angelte ich vormittags ein paar Stunden und begab mich dann nur der Gesundheit wegen, in eine gemütliche kleine Kneipe. Ich setzte mich, da dort bekanntlich der beste Platz ist, an die Theke. Dort kommt man bei einem Bier meist mit anderen Gästen ins Gespräch. Mein Blick fiel sofort auf eine prächtige Bachforelle, die präpariert seitlich der Theke an der Wand hing. Der Fisch war wohl über 80 cm lang, und ich schätzte sein Gewicht auf etwa sechs Kilo. Ein Herr mittleren Alters hatte meinen Blick bemerkt und sprach mich an. „Das war wirklich ein schöner Fang damals. Ich hab die Forelle vor drei Jahren im Altwasser der Altmühl auf Köderfisch erwischt. Hat 6200 Gramm gewogen, das Biest. Der Drill hat fast eine Stunde gedauert." Ich beglückwünschte den Mann zu einem solchen Fang und hätte gern noch mehr Einzelheiten erfahren. Er aber schien es eilig zu haben, trank sein Bier aus und verschwand.

Kaum war er draußen, da meldete sich ein Alter mit wettergegerbten Gesicht zu Worte, der bislang still in der Ecke gesessen hatte. „Also dieser Horst ist ein fürchterlicher Angeber. Dem kann man wirklich kein einziges Wort glauben. Erzählt hier so ein Anglerlatein. Der hat doch noch nie einen vorzeigbaren Fisch gefangen." Mein Gegenüber war wirklich empört, und da ich mich interessiert zeigte, fuhr er fort. „Vor drei Jahren im Frühjahr hab ich den erwischt." Er deutete mit dem Kopf auf die Forelle. „Gebissen hat er auf einen „Mepps 3" in Kupfer. Es hat über eine Stunde gedauert, bis ich den Fisch im Kescher hatte. Kein Wunder, der Bursche hat über sieben Kilo auf die Waage gebracht." Ich zeigte mich beeindruckt und gab dem erfolgreichen Angler ein Bier aus, um mehr über die Fangumstände zu erfahren. Leider währte die Unterhaltung nur kurz, da der ältere Herr zum Mittagessen erwartet wurde. Zum Trost bestellte ich mir ein weiteres Bier. Als der Wirt, der die Unterhaltungen aufmerksam mit angehört hatte, das Glas vor mir abstellte, äußerte er: „Also diese Beiden sind wirkliche Spinner, einer schlimmer als der andere. Spielen sich hier so vor den Touristen auf." Damit meinte er wohl mich. „Diese Forelle stammt aus dem Regen. Dort habe ich sie mit der Fliegenrute auf eine Märzbraune gefangen. Mit dem feinen Zeug musste ich sie fast zwei Stunden drillen. Immerhin hatte sie über acht Kilo". Ich staunte nicht schlecht. Drei abenteuerliche Geschichten und die Letzte mit einem Fischgewicht, das absolut nicht passen konnte. Irgendetwas stimmte hier nicht. Aber die Forelle hing doch dort an der Wand. Irgendjemand musste sie ja gefangen haben!

Aus Furcht vor radioaktiven Niederschlägen suchte ich die Kneipe auch in den nächsten Tagen auf, immer mit einem zweifelnden Blick auf den Fisch an der Wand. Am letzten Urlaubstag kam mir der Zufall zur Hilfe. Die Ehefrau des Wirtes hatte ein Großreinemachen der Gasträume auf dem Plan und fegte unter anderem mit einem Besen Spinnweben von der Decke. Dabei erwischte sie die Wanddekoration so unglücklich, dass die Forelle herunterfiel und zerbarst. Ein Stück sprang mir direkt vor die Füße. Ich hob es auf und sah, dass es sich um bemalten Gips handelte. Ich hätte misstrauischer sein müssen, da auch dem Exponat kein Schild mit dem Namen des Fängers, des Fangtages sowie Größe und Gewicht des Fisches angebracht war!

Solche Täuschungen gab es bei den Präparaten aus meiner Jugendzeit natürlich nicht. Die sahen eher aus wie ein getrocknetes Schweineohr. Hergestellt wurden sie mit Formalin, das man heute als recht gefährlich ansieht. Eine entsprechende Gebrauchsanweisung fand ich in einem alten Angelbuch für Jugendliche. Das musste natürlich ausprobiert werden. Das Formalin besorgte ich problemlos aus der Apotheke. Zwei Hechtköpfe bekam ich vom Nachbarn. Die Schädel wurden nun in die Giftbrühe eingelegt und nach und nach von Schleim und Fleisch befreit. Die Köpfe verloren immer mehr an Flüssigkeit und schrumpften. Nach Tagen (oder Wochen?) wurden sie dann abgespült und getrocknet. Mittlerweile war jegliche Form und Farbe verlorengegangen. Einige dieser Exemplare aus meiner Jugend hängen noch heute in unserem Vereinsheim und sind durch den Zigarettenrauch von fünf Jahrzehnten inzwischen fast schwarz. Wahrscheinlich wurden Schrumpfköpfe früher auf ähnliche Weise hergestellt.

Eine preiswerte Variante des Präparierens ist das Auskochen und Trocknen von Fischzähnen. Hört sich schräg an, ist es auch ein bisschen. Außerdem ist es mit Mühe und Geschick verbunden. Sollte es Sie doch einmal danach gelüsten, so ein Präparat herzustellen, können Sie wie folgt vorgehen: Von einem Raubfisch wie Hecht oder Zander wird der Kopf abgetrennt und in einem passenden Topf so lange geköchelt, bis sich der Unterkiefer mit einer Gabel leicht vom Kopf abziehen lässt. Das dauert nur wenige Minuten. Der Kiefer wird unter laufendem Wasser grob gereinigt. Haut- und Fleischreste werden mit einer alten Zahnbürste entfernt. Dann wird das saubere Knochenstück samt Zähnen auf der Heizung getrocknet und anschließend zum Bleichen in die Sonne gelegt. Die so gewonnene Trophäe kann dann auf ein Stück Pappe aufgeklebt und beschriftet werden. Noch einfacher ist es, mit den Schlundzähnen großer Weißfische wie Karpfen oder Döbel. Die Zähne werden aus dem Rachenbereich der Fische entfernt und ebenfalls gekocht, gesäubert und gebleicht. Danach werden sie paarweise aufgeklebt. Das Ganze ist insbesondere für Jungangler eine spannende Sache, da sie selten große Fänge haben und sie sich so auf preiswerte Weise Erinnerungsstücke schaffen können. Für Max habe ich gefühlt 1000 solcher Präparate hergestellt. Irgendwann, wenn die Fänge häufiger werden, hört dieses Hobby von alleine auf, da es langweilig wird. Die treusorgende Hausfrau schmeißt die Sammlung dann irgendwann in den Müll. Der Jungangler wird sich dann, wenn er später selbst Kinder hat, wehmütig an diesen Spaß erinnern und selbst solche Erinnerungsstücke für seinen Nachwuchs herstellen.

Schöne Fotos eignen sich auch wunderbar als Trophäen, wenn man sie schön gerahmt an Wänden oder auf Tischen platziert. Manipulationen sind hier häufig. Wenn die Hände des Anglers groß sind wie Klodeckel und sein Kopf das Format einer Erbse hat, wurde offenbar getrickst. Perfide ist auch das Abfotografieren von kapitalen Fische aus Zeitschriften und das Einarbeiten der eigenen Person in das Bild. Noch einfacher ist es natürlich, nur den Hecht aus der Zeitung abzulichten und den Fang dann als eigenen auszugeben. Ein ganz besonderer Spaß ist es – insbesondere beim Wettangeln, – ein solches Foto mit dem Handy aufzunehmen und an einen (lästigen) Kollegen zu schicken mit der Bemerkung „Gerade rausgezogen". So etwas stresst die Konkurrenz enorm!

Wo wir gerade beim Wettangeln sind – dort gibt es auch fabelhafte Trophäen! Pokale sind bei solchen Veranstaltungen äußerst beliebt. Auf ihnen ist verzeichnet, wann und bei welcher Gelegenheit man einen Platz belegt hat. Das ist eine schöne Erinnerung und der stolze Angler kann den Pott in der Wohnung so platzieren, dass kein Besucher ihn übersieht.

Max und ich hatten nach einer gewissen Zeit ein ziemliches Sammelsurium zusammen. Als geeigneter Platz erschien uns die Schrankwand im Wohnzimmer. Die war fast vier Meter breit und hatte genügend Luft nach oben. Kurzerhand räumten wir aus den beiden obersten Regalen Carolins Bücher auf der gesamten Breite aus und unsere Pokale ein. In die Mitte kam das Prunkstück, das Max für seinen ersten Platz bei Königsangeln bekommen hatte. Das Ding war dem

Champions-League-Pokal in Form und Größe nachempfunden und wirklich imposant.

Links davon baute mein Sohn seine Sammlung auf, meine Pötte – zugegeben etwas weniger – kamen auf die rechte Seite. Zufrieden setzten wir uns auf das Sofa und betrachteten unser Werk bei einem Bier. So fand uns Carolin vor, die fuchsteufelswild war, weil wir ihre Bücher ausgekramt hatten. Die glitzernde Pracht unserer Pokale, die man bis auf die Straße sah, tröstete sie nur wenig. Unbestreitbar ist, dass unsere Besucher den Atem anhalten, wenn sie die Sammlung zum ersten Mal erblicken. Mein holdes Weib zeigte sich wenig versöhnlich und hat sich für den Anschlag auf ihre Literatur grausam gerächt. Unter dem Vorwand des Staubwischens hat sie eines Tages sämtliche Pokale aus dem Regal geholt, sie auf dem Tisch einmal querbeet durchgemischt und dann nach einem kurzen Abwischen wieder ungeordnet ins Regal gestellt. Max und ich konnten nie wieder herausfinden, wem nun eigentlich welcher Pokal gehörte. Wahrscheinlich sind die meisten, insbesondere die Großen, ohnehin meine. In diese Sammlung würde natürlich auch sehr gut der Nobelpreis für Literatur passen, den ich 2018 eigentlich für mein Buch „**Verrückt nach Sandra**" erwartet hatte. Leider wurde die Vergabe in diesem Jahr ausgesetzt. Aufgeschoben ist nicht aufgehoben. Vielleicht klappt es ja 2020.

Allerlei Getier

Als Angler hat man natürlich in erster Linie mit Fischen zu tun, vornehmlich mit solchen, die man fangen und braten kann. Aber von diesen haben Sie vorerst genug gehört und so möchte ich Ihnen zum Schluss noch ein wenig von anderem Getier berichten.

Da ich seit frühester Kindheit in dörflicher Umgebung lebe, habe ich auch stets Kontakt zu anderen Tieren gehabt. Unser seit drei Generationen im Familienbesitz befindliches Haus bot sich geradezu für die Tierhaltung an, zumal zum Haus 2.500 m² Grundstück und mehrere Nebengebäude gehören. Und so tummelte sich schon immer unterschiedlichstes Viehzeug bei uns herum.

Hunde, Katzen und Hühner gehörten damals auf dem Lande noch zum Standard. Die Katzen fingen Mäuse und Ratten, wurden deshalb geduldet und erhielten auch ein wenig Futter. Keineswegs lagen sie den ganzen Tag faul auf dem Sofa und ließen sich kraulen. Daher habe ich an sie und auch an die Hühner kaum noch Erinnerungen. Es waren halt Nutztiere. Interessanter waren da schon die Hunde. Unter ihnen hat sich unser Schäferhund „Tasso" besonders hervorgetan, der sogar in einem Zeitungsartikel Erwähnung fand, weil er einer Frau das Leben gerettet hatte. Beim abendlichen Spaziergang gebärdete er sich am Dorfteich so ungewöhnlich und kläffte so ausdauernd, dass mein Großvater der Sache auf den Grund gehen wollte und dabei eine schon halb ertrunkene Frau entdeckte. Wir Kinder fanden das nicht so spannend, denn Lassie konnte das besser. Mehr schätzten wir Tassos Fähigkeit, entlaufene Kaninchen einzufangen. Auch war er uns immer ein treuer, unendlich geduldiger Freund, den man stundenlang knuddeln konnte. Auf alten Fotos und Filmen ist er eigentlich immer dabei.

Für mich selbst hatte ich außerdem Kaninchen und Tauben. Anders als in der heutigen Zeit, da niemand den Kindern mehr die Pflege von Tieren zumuten will, lehrte man die Kinder früher schon von klein an, Verantwortung zu übernehmen. Der Umgang mit vierbeinigen oder gefiederten Freunden bildet den Charakter, spendet Trost und gewöhnt beizeiten auch an Verlust. Die Bestattung eines geliebten Haustieres ist für ein Kind immer eine wichtige und ernste Zeremonie.

Meine Tiere lebten aber noch und wollten versorgt werden. Die Langohren bekamen hauptsächlich Grünzeug und so lernte ich schon früh, die unterschiedlichsten Pflanzen zu unterscheiden und zu verwerten. Dieses Wissen ist mir bis zum heutigen Tag erhalten geblieben. Einfacher war es mit den Tauben, die etwas Getreide bekamen und sich ansonsten sehr gut selbst versorgen konnten. Lästig war nur, dass sie laufend Eier legten, ich aber nur einen kleinen Taubenschlag hatte und daher Nachwuchs nicht gebrauchen konnte. Daher sammelte ich die Eier laufend ein, was die Luftratten veranlasste, permanent neue zu legen. Das konnte so nicht weitergehen! Also ersann ich einen genialen Plan. In das Nest legte ich einfach ein Hühnerei und beschäftigte die Vögel so mit dem Brüten. Was ich nicht einkalkuliert hatte, war, dass aus dem Ei tatsächlich etwas schlüpfen könnte und so erblickte „Küki" drei Wochen später das Licht der Welt. Da Hühner Nestflüchter sind, machte es sich sofort auf den Weg, fiel aber schon nach wenigen Metern aus dem Einflugloch in den Garten. Dort entdeckte es meine Oma und da sie das erste Lebewesen war, die das kleine Huhn sah, folgte es ihr von da an wie ein Hund.

Nun lässt sich ein einzelnes Küken schlecht halten, denn es braucht viel Wärme und Fürsorge. In den Stall konnte es daher nicht. Also kam Küki zunächst in die Küche meiner Großeltern und durfte auch auf den Balkon. Da es stets mit kleinen Leckereien verwöhnt wurde, entwickelte es sich sehr gut und wurde der Liebling meiner Oma. In der Küche fand so ein kleines Tier auch stets ein paar Krümel, so dass es nach zwei Monaten schon eine stattliche Größe hatte. Leider währte die Idylle nicht ewig. An einem warmen Sommertag hatte meine Großmutter noch etwas zu erledigen und Küki wurde auf den Balkon gesperrt. Dort lag es abends tot. Vermutlich ist es an einem Hitzschlag gestorben.

Zu unseren exotischeren Tieren zählte eine Rabenkrähe namens „Jakob", die aus dem Nest gefallen und von einem Förster aufgezogen worden war. Irgendwann fand Jacob dann zu uns und fristete fortan sein Leben in einer Vogelvoliere, die sich im Hühnerauslauf befand, so dass er immer gefiederte Gesellschaft hatte. Als Leckerbissen erhielt unser Rabe gelegentlich ein Stück Käse oder etwas Mett. In seinem Käfig stand ein kleinerer Baum, auf dem er gern saß, sodass er eigentlich ein recht beschauliches Leben führte. Dieser „Hans Huckebein" schien allerdings nicht dieser Ausfassung zu sein, sondern versuchte stets, die Hand zu beißen, die ihn fütterte. Da Krähen kluge und gelehrige Vögel sind, fand er schnell heraus, dass ihm der größte Erfolg beschert war, wenn sein Biss das Nagelbett traf. Nachdem sich schon alle Familienangehörige blutige Finger geholt hatte, gingen wir dazu über, ihm sein Futter nur noch zuzuwerfen.

Noch ein anderer Geselle biss gern in die Hand, die ihn fütterte und zwar unser Esel, den wir nach einem Kinderbuch „Grisella" genannt hatten. Wir Kinder riefen ihn Grisi. Die Stute war recht klein, etwa die Größe eines Ponys, dafür aber sehr stimmgewaltig. Das ohrenbetäubende Gebrüll war durch das ganze Dorf zu hören und die Passanten liefen die erste Zeit nach der Anschaffung des Tieres zusammen, um zu sehen, was da los ist. Leider hatte Grisi nicht nur eine laute Stimme, sondern auch einen miesen Charakter, eine Kombination, die auch bei Menschen häufig anzutreffen ist. So entwickelte sich unser Grautier sehr schnell zu einem Ausbrecherkönig. Erstaunlich, wie es überall durchkam oder Pforten durch sein Gewicht aufdrückte. Ich musste dann immer mit der Schlinge in der

Hand hinterher rennen, um das blöde Vieh wieder einzufangen.

Wenn man den Esel fütterte, nahm er gern das Futter, biss einem dann aber anschließend ohne Vorwarnung in die Hand und zwar ganz gewaltig. Das konnten wir ihm zeitlebens nicht abgewöhnen. Ritten wir auf ihm, versuchte er uns am Stacheldraht abzustreifen oder in die Beine zu beißen. Von hinten konnte man sich ihm gar nicht nähern, weil er sofort auskeilte. Meine Großeltern riss er beide einmal um und traktierte sie mit Tritten und Bissen. Beide zogen sich recht ordentliche Verletzungen zu. Irgendwann wurde Grisi dann verkauft. Dieser Esel war ein Hans Huckebein in grau. Und er endete auch wie dieser durch einen Unfall, als er wieder mal ausgebüxt war und vor ein Auto rannte. „Die Bosheit war sein Hauptpläsier. Drum" sprach die Oma „liegt er hier." (Frei nach Wilhelm Busch)

Als ich dann später das Elternhaus übernahm, kamen daher sofort wieder Tiere ins Haus und zwar Kaninchen, Hühner und Gänse, die letztlich alle in der Küche endeten. Kaum zog dann Carolin bei mir ein, beendete sie die Sache mit den Kaninchen sofort. Sie wollte es keinesfalls dulden, dass diese niedlichen, kuscheligen Nager in Tomaten-Knoblauchsauce landeten. Weil sie sich an das kuschelige Fell gewöhnt hatte, schaffte sie als Ersatz „Maus" und „Tiger" an, zwei liebenswerte Geschwister der Marke Hauskatze. Da wir in einer Übergangsphase noch in meinen jetzigen Büroräumen wohnten, hatten unsere neuen Hausgenossen keinen Zugang zum Garten. Sie konnten lediglich vom Küchenfenster auf das anliegende Flachdach. Also legte ich eine Bohle schräg an das Dach an, beschwerte sie mit Steinen und schon hatten die beiden eine bequeme Treppe. Die Katzen gewöhnten sich binnen eines Tages an diesen etwas ungewöhnlichen Weg und sprangen von da an immer in die Fensterbank des Küchenfensters und klopften an die Scheibe, wenn sie Hunger hatten.

Das Federvieh, insbesondere die in jedem Frühjahr angeschafften Entenküken, waren die erklärten Freunde von Max. Gerade die kleinen Entchen waren sehr zutraulich und ließen sich schnell von ihm aus der Hand füttern. Es dauerte nicht lange und sie hatten Namen. Das war schlecht, denn Namen auf Gefriertüten verheißen Ärger, zumal sie – zumindest für Enten – höchst skurril waren, etwa Herbert, Fritz und Müller. Also nahm ich meinen Sohn ins Gebet, erklärte ihm, was das Geflügel künftig zu erwarten hätte und gestand ihm zu, eines der Küken zu behalten. Das war einfacher als erwartet, denn Max war schon als kleines Kind der Auffassung, dass ein fetter Erpel auf dem Teller gehört, egal wie er heißt. Auf mein Zugeständnis hin wählte er Herbert aus und bewahrte ihn so vor dem Weg in die Küche.

Auf Grund der Zuwendung meines Sohnes, insbesondere in Form von Leckerbissen, entwickelte sich Herbi zu einem gewaltigen Flugentenerpel, der auf dem ganzen Hühnerhof gefürchtet war, denn Flugenten sind von Haus aus recht streitsüchtig. Mit seinen Artgenossen stand er zeitlebens auf Kriegsfuß, traute sich auf Grund seiner Größe sogar an Ganter heran, die ihm tunlichst aus dem Wege gingen. Einer, der es drauf ankommen ließ, wurde von Herbert kaltblütig gekillt. Max' Liebling legte sich sogar mit ausgewachsenen Putern an, die ihm mit 50 Pfund Lebendgewicht deutlich überlegen waren. Aber Kampfeswille und Jähzorn ließen Herbert immer als Sieger aus solchen Schlachten hervorgehen. So ein Erpel wirkt ja nicht wirklich gefährlich, verfügt aber über zwei Zentimeter lange messerscharfe Krallen, wie mein Sohn feststellen musste, als er seinen Freund auf den Arm nehmen wollte. Eine lange Narbe auf dem Arm mahnt ihn heute noch an Vorsicht im Umgang mit Geflügel. Mit seinen Klauen klammerte sich Herbi am Hals der Puten fest und biss diese so lange in den Kopf bis sie die Flucht ergriffen.

Auch sonst war er recht unleidlich und stur. Freiwillig ging er mir nie aus dem Weg, sondern bedrohte mich mit seinem heiseren Fauchen. Wenn ich ihm einen kleinen Kick gab, um ihn zum Weitergehen zu bewegen merkte ich, dass er hart und schwer wie ein Stein war und auch ebenso unnachgiebig wie ein solcher. Mit Max blieb er – trotz der Narbe – weiterhin befreundet. Unser Sohn entwickelte schon bald einen gewissen Stolz auf den alten Kampferpel und dessen neue

Untaten amüsierten ihn immer köstlich. So lebte Herbi zehn Jahre lang, von allem Geflügel gefürchtet, auf dem Hühnerhof. Aber auch alte Kämpen erwischt das Schicksal irgendwann. An einem regnerischen Abend gelang es mir nicht, ihn in den Stall zu treiben. Einerseits mochte er Regen, andererseits fand er in der Dunkelheit auf dem nassen Rasen leckere Regenwürmer. Stur weigerte er sich daher, die Stallung zu betreten. Irgendwann hatte ich die Nase voll, weil ich allmählich durchnässt wurde und schloss die Stalltür. Herbert blieb draußen und fauchte zufrieden vor sich hin. Am nächsten Tag fand ich ihn tot auf der Wiese. Seine Verletzungen und die Kampfspuren deuteten auf eine Auseinandersetzung mit einem Fuchs hin. Auf Wunsch meines Sohnes hin erhielt er ein ehrenvolles Begräbnis auf unserem hauseigenen Tierfriedhof. Heute zeugt ein verwitterter Sandstein mit der kaum noch lesbaren Inschrift „Herb…" davon, dass ein Kind eine Ente genau so innig lieben kann wie einen Hund.

Bei diesem Stichwort kommen wir zu unserem Mischlingshund Benno, den wir vor dem Tierheim bewahrt haben. Namensgeber war auch hier Max, der auf unsere Frage, wie der Hund denn heißen soll, wie aus der Pistole geschossen „Benno" antwortete. Da wir niemanden dieses Namens kannten, rätselten wir jahrelang an dessen Ursprung herum. Selbst unser Sohn konnte trotz wiederholter Nachfragen nicht sagen, woher er ihn hatte. Nach 25 Jahren kam mir der Zufall zu Hilfe, als im Fernsehen anlässlich eines runden Geburtstages des Komikers Otto, noch einmal dessen Filme wiederholt wurden. In einem davon war folgende Schlüsselszene: Otto wurde von seiner Freundin auf seinen Bruder Benno angesprochen und erwiderte daraufhin: „Wieso heißt der eigentlich Benno? Benno ist doch ein Hundename!" Ein sofortiger Blick in die Fernsehzeitung zeigte mir, dass der Film zeitnah zur Geburt unseres Sohnes gedreht worden war. Als er dann ins Fernsehen kam muss Max etwa drei Jahre alt gewesen sein, und er hat dieses Machwerk natürlich gesehen. Da wir wenig später den Hund gekauft haben, muss ihm die Filmszene noch in Erinnerung gewesen sein und so fiel ihm nur „Benno" als Hundename ein.

Unser neuer Hausgenosse hatte keinen wirklich guten Einstand, denn er war nicht stubenrein und schiss in unsere Wohnung. Außerdem klaute er wie ein Rabe und schon bald stand er im Ruf, ein Schweinehund zu sein, was ihm den Nachnamen „Schröder" einbrachte. Manche nannten ihn auf Grund seines Ringelschwanzes auch „Schwarzes Schwein." Das Verschmutzen der Wohnung konnte ich ihm rasch abgewöhnen, wobei es hilfreich war, dass er durch das Katzenfenster passte und daher selbst Gassi gehen konnte. Das Klauen, insbesondere von Schokolade, hat er nie ganz gelassen und dabei viel Einfallsreichtum gezeigt. So erwischte ich ihn zur Weihnachtszeit, als er wie eine Ballerina auf Zehenspitzen auf dem Staukasten unserer Schrankwand stand und mit der Zunge Schokoladenweihnachtsmänner aus dem Bücherregal angelte. Es waren hier schon mehrere Süßigkeiten aus Brusthöhe verschwunden, aber nie war der Verdacht auf den kleinen Hund gefallen. Vielmehr wurde ich, insbesondere mein Bauch, schräg angesehen.

In Benno steckte viel Terrier und auch der dieser Rasse eigene Jagdtrieb. So scheuchte er mit Vorliebe unsere Hühner durchs Gehege. Nur an Herbert traute er sich nicht recht ran. Auch im Wald war es mit unserem Hund problematisch, denn er neigte dazu, dem Wild nachzulaufen und sich erst sehr viel später wieder einzufinden. Ich hatte irgendwo gelesen, dass es keinen Sinn macht, seinen Hund zu vermöbeln, wenn er zunächst auf Zuruf nicht kommt, sich dann aber später dann doch noch einstellt. Kriegt er dann einen übergezogen, kommt er beim nächsten Mal überhaupt nicht mehr. Das leuchtete mir ein und so verfolgte ich Benno, als er sich erneut aus dem Staube machte. Ich hetzte ihn fluchend über Stock und Stein und jagte ihn kreuz und quer durch den Wald. Zunächst versuchte Schröder noch, mir und meinem Zorn zu entkommen, aber nach einer halben Stunde, ich war schon fix und fertig, änderte sich sein Verhalten. Man sah dem Hund förmlich sein schlechtes Gewissen an und den Wunsch, einfach ungeschoren zurückzukommen. Seine Haltung wurde immer unterwürfiger und die Fluchten immer kürzer. Irgendwann hatte ich ihn und er ließ die gerechte Strafe klaglos über sich ergehen.

Abgehauen ist er nie wieder, was für uns beide die Sache viel einfacher machte, denn eine Leine brauchte ich im Wald nicht mehr.

Benno entwickelte viel Familiensinn. Er fühlte sich am wohlsten wenn alle Familienangehörigen zugegen waren. Das brachte uns immer dann in Schwierigkeiten, wenn wir nicht den gleichen Weg hatten. Einer musste in diesem Fall ja den Hund nehmen. Dieser blickte aber dem anderen nach und war nicht bereit, sich auch nur einen Meter in die andere Richtung zu bewegen. Hatte man noch genug Energie, konnte man ihn ein paar Meter an der Leine hinterher schleifen, doch eine wirkliche Lösung war das nicht. Benno ging erst dann widerwillig mit, wenn er das fehlende Familienmitglied aus den Augen verloren hatte.

Max und Benno waren ein Herz und eine Seele. Die beiden konnten stundenlang zusammenhocken und sich gegenseitig knuddeln. Insbesondere die Hundeohren hatten es dabei unserem Jungen angetan. Diese wurden abwechselnd durchgeknautscht und glattgestrichen. Wir wunderten uns manchmal wirklich, was sich ein Tier so alles gefallen lässt, aber Schröder schien an dieser Behandlung Gefallen zu finden. Außerdem spielten die Beiden mit Vorliebe abenteuerliche Fang- und Wegnehmspiele, bei denen sie um die Wette knurrten, dass einem Angst und Bange wurde. Problemlos konnte man Schröder dabei zusammen mit dem Stock, in den er sich verbissen hatte, hochheben. Hat der Kiefer eines Terriers erst einmal etwas gepackt, ließ er nicht mehr los. Was unser Hund allerdings nie gelernt hat, war das Stöckchenspiel. Warfen wir ihm ein Stöckchen hin, holte er dieses zwar sofort, rückte es aber nie wieder raus. Dann war „Game over."

Die Kameradschaft zwischen Kind und Hund führte dazu, dass wir einen zuverlässigen Wächter für Max hatten. Obwohl Benno nicht mal annähernd kniehoch war, stellte er sich beherzt jedem Fremden entgegen, der es wagte, sich unserem Sohn zu nähern. Sein fürchterlicher Unterbiss, die kräftige Statur und die unverhohlene Wut, die er mit tiefem Grollen unmissverständlich zum Ausdruck brachte schreckten, bis auf besonders leichtsinnige Gemüter, jeden ab. So sind ihm unter anderem ein Spaziergänger am Teich, ein zu nahe gekommener Skateboardfahrer und ein Angetrunkener, der partout nicht auf meine Warnung hören wollte, zum Opfer gefallen. Skateboardfahrer hat Schröder seitdem gehasst wie die Pest. Er brauchte bloß das dumpfe Geräusch der Rollen zu hören und schon war er auf 180.

Mit Leidenschaft verbellte Benno Fußgänger, die unser Haus passierten. Dabei kam ihm der besondere Zuschnitt unseres Grundstücks und seine Schnelligkeit zu Gute. An drei Stellen des Hofes konnte er direkt an die Straße. Kamen Passanten, kläffte er diese an der ersten Stelle am Zaun fürchterlich an, sauste dann wie ein geölter Blitz um unser Haus in die mittlere Position und gebärdete sich dort wie ein Irrer, um sofort danach um das nächste Gebäude zu rasen, damit er den Leuten dort den Rest geben konnte. Die Anwohner kannten dieses Theater natürlich und oft hörten wir von der Straße den Ruf: „Gleich kommt das schwarze Schwein wieder," bevor das Gebell wieder los ging. Irgendwann hatten wir das Gefühl, dass hinter dem ganzen Trara ein System steckte, vielleicht haben wir dem Hund aber nur zu viel zugetraut. In unserer Straße befand sich jedenfalls eine Eisdiele, die großen Zulauf hatte, und so kamen viele Passanten Eis essend an unserem Grundstück vorbei. An der mittleren Anlaufstelle Bennos befand sich ein Tor mit zum Hof abfallender Einfahrt. Dort bemerkten wir mit zunehmender Häufigkeit geschmolzene Eiskugeln, die Richtung Hof liefen und dort von unserem Hund aufgeschlabbert wurden. Natürlich behielten wir die Sache im Auge und stellten fest, dass Schröder vehement und wie ein Wilder bellend die Pforte hochsprang, wenn sich jemand mit einem Eis näherte. Die Leute zuckten so erschreckt zurück, dass das Eis auf dem Gehweg landete, sehr zur Freude des Hundes. Sollte das Ganze ein ausgeklügelter gewesen Trick sein, der an Wegelagerei erinnerte? Wir haben es nie erfahren.

Als wir Benno bekamen, war Max drei Jahre alt, und der Hund hat fast 15 Jahre bei uns gelebt. Als das Tier starb, hat unser Sohn trotz seiner 18 Jahre fürchterlich geweint. Schröder ruht heute neben seinem alten Feind Herbert. Semper fi. Obwohl wir uns immer wieder gern einen Hund anschaffen wollten, konnten wir uns bis heute nicht dazu durchringen.

Kapitel 23

Der Guru geht nach Uru

Mittlerweile dürfte es jedem realistisch denkenden Bürger klar geworden sein, dass es nur noch eine Frage der Zeit ist, wann Angela
Merkel, Andrea Nahles und ähnliche Politstrategen den Karren endgültig an die Wand gefahren haben. Von der Mannschaft, die derzeit
unsere Regierung stellt, dürfte in absehbarer Zeit nichts mehr zu
erwarten sein, zumindest nichts Erfreuliches. Zwar wird unsere
Kanzlerin in Europa mit Emmanuel Macron bei dessen Vorliebe für
ältere Damen leichtes Spiel haben. Dies hilft uns innerhalb Deutschlands aber leider nicht weiter. Und, dass Andrea Nahles gerade mal
66 Prozent der Stimmen ihrer eigenen Partei auf sich vereinigen
konnte, lässt Übles befürchten. Ihr seltsamer Vorgänger, dieser Marvin oder Martin Schmidt, Schulz oder wie er sonst hieß, wurde
immerhin von 100 Prozent der Parteifreunde gewählt und war trotzdem weg vom Fenster, bevor man „Willy Brandt" sagen konnte. Es
ist anzunehmen, dass Frau Nahles dieses Schicksal in naher Zukunft
teilen wird *(1)*. Das Sinken eines Schiffes lässt sich zuverlässig daran
erkennen, dass es nicht als erstes vom Kapitän sondern von den
Ratten verlassen wird. Hier sind inzwischen so einige nicht mehr da.

Immerhin ist uns Ursula von den Laien (nein, das ist kein Schreibfehler) als Bundespräsidentin erspart geblieben, weil sie nun lieber
die Bundeswehr ruiniert als gleich das ganze Land. Da sie ursprünglich aus dem Familienministerium kommt, versucht sie jetzt, aus der

*1) Es ging schneller als gedacht. Kaum hatte ich es geschrieben,
war sie auch schon weg.*

Truppe so eine Art Kindergarten mit Streichelzoo zu machen. Mit mäßigem Erfolg. Wissen Sie übrigens, was unsere Verteidigungsministerin mit einem U-Boot der deutschen Marine gemeinsam hat? Taucht beides nicht! *(2)*

Überhaupt sind Politiker als Vor- und Leitbilder in Deutschland nicht mehr zu gebrauchen, gelten sie doch als kaum noch vertrauenswürdiger als ein Banker, was einiges heißen will, wird doch deren Berufsbezeichnung schon als Schimpfwort verwendet. Leider fehlt es hierzulande an solchen Personen, zu denen wir voller Stolz aufblicken können. Dabei hätten wir so gern ein strahlendes Leitbild, etwa einen Ritter auf weißem Ross, das uns in eine glückliche Zukunft führt (das Leitbild, nicht das Pferd).

Der einzige Politiker (außer Wolfgang Bosbach), den das Volk noch für akzeptabel hielt, war Karl-Theodor zu Guttenberg. Seinen Doktortitel ist er ja inzwischen ebenso los wie seinen Job als Verteidigungsminister. Dass seine Doktorarbeit abgekupfert war, scheint inzwischen ja erwiesen. Ist es da nicht erstaunlich, dass große Teile der Bevölkerung ihn trotzdem noch für den ehrlichsten und glaubwürdigsten unserer Politiker halten und auf seine Rückkehr hoffen? Welch ein schlechtes Licht wirft dies auf den gesamten Rest unserer Volksvertreter! Denen, die ihn im Bundestag ungestraft als Lügner, Betrüger und Sargnagel der Demokratie bezeichnet haben, war er als lebender Vorwurf ihrer eigenen Inkompetenz und Unglaubwürdigkeit von je her suspekt, und darum musste er weg. Das war vorhersehbar. Aber warum musste die unüberschaubare Masse unserer verlogenen Politiker nicht ebenfalls den Hut nehmen für nicht eingehaltene Wahlversprechen, Vetternwirtschaft und Vergeudung von Steuergeldern? Es ist eigentlich schade, dass das deutsche Volk ein solches Verhalten so anstandslos hinnimmt. Aber wir waren halt immer schon sehr obrigkeitstreu und darauf baut unsere Regierung. Zu Recht!

2) Auch hier haben die Ereignisse das Erscheinen meines Buches überholt. Jetzt darf sie sogar ganz Europa ruinieren.

Aber nicht nur in der Politik liegt einiges im Argen. Selbst die großen Kirchen haben es sich mit ihren Anhängern nachhaltig verscherzt. Fast täglich müssen wir von Kindesmissbrauch und Misshandlungen in Institutionen der katholischen Kirche lesen. Selbst höchste Würdenträger sind hiervon betroffen. Wer mag wohl noch Vertrauen zu solchen Hirten haben? Da kann man ja gleich den Bock zum Gärtner machen. Und dazu die Namen! Was fällt Ihnen denn so ein zu „Mixa" oder „Sankt Blasius?" Und zu „Tebartz-van Elst?" Klingt irgendwie holländisch. Was mag es heißen? „Tebartz die Elster?" Nomen est Omen! Und was macht die Konkurrenz? Statt ein paar Schäflein der eigenen Herde zuzutreiben, säuft sie sich die Hucke zu, setzt sich dann noch ans Steuer und lässt sich zu allem Überfluss auch noch schnappen. Mein Gott, Margot!

Früher hatten wir immerhin unsere Fußballnationalmannschaft und deren Trainer als Idole. Zumindest Jogi Löw scheint für solche Zwecke völlig ungeeignet, auch wenn seine Mannschaft wider Erwarten 2014 Weltmeister geworden ist. Eher wahrscheinlich war es da, dass er die WM 2018 völlig versemmelt *(3)*. Was will man auch von jemandem erwarten, der sich Jogi nennen lässt, so wie der gleichnamige Comic-Bär aus den 60ern. Wer so anfängt, endet später als Börti Vogts bei Stefan Raab, selbst als Weltmeister 2014. Das hat selbst Schweini begriffen, der sich seither mit „Herr Schweinsteiger" anreden lässt. Auch die übrigen Spieler sind nur noch bedingt als Idole tauglich, zumindest solche wie Kermit Ösil und andere, die das Singen der Nationalhymne verweigerten und so den Fans demonstrierten, dass sie weder hinter unserem Land stehen, noch bereit sind, sich einer gemeinsamen Sache unterzuordnen. Am ehesten kommt daher noch Müller als fussballerische Lichtgestalt in Betracht, haben wir doch mit „Müller" seit jeher gute Erfahrungen gemacht.

Überhaupt kann man bei Staatsoberhäuptern gut zwischen Gewinnern und Verlierern unterscheiden. Wer hätte es damals beispiels-

3) Hat er natürlich.

weise diesem unscheinbaren kleinen Franzosen, dessen Name sich so ähnlich anhört wie „Sackgesicht," zugetraut, dass er ein Weib wie die Carla Bruni abschleppt? Da kann man doch nur sagen „Respekt!" Allerdings hätte ich erwartet, dass seine Carla, nachdem er sein Präsidentenamt verloren hat und ihm jetzt auch noch die Polizei auf den Fersen ist, schneller weg ist, als er „Vive la France" sagen kann. So kann man sich täuschen!

Wie kläglich war auch die Vorstellung seines Kollegen Bill Clinton. Schon nicht schlecht, was er im Oval Office getrieben hat, aber mit einer Praktikantin? Ich bitte Sie! Was anderes wäre es gewesen, wenn er Pamela Anderson oder wenigstens Julia Roberts flachgelegt hätte. Oder am besten gleich alle beide. Dann hätten sich die Amerikaner voller Stolz auf die Schultern geklopft und zu ihm aufgeblickt.

J.F. Kennedy wusste da schon eher, was er seinem Volk schuldig war und hat sich mit Marilyn Monroe vergnügt. Die reichte dann sogar noch für seinen Bruder. Das hat J.F.K Respekt verschafft, sogar beim Feind. Mit solchem Mann wollten sich die Russen lieber nicht anlegen und beorderten ihre Schiffe, die Kuba mit Raketen versorgen sollten, vorsichtshalber wieder zurück.

Welchen Lauf hätte die Weltgeschichte wohl genommen, wenn während der Kubakrise ein Mann wie Silvio Berlusconi Präsident der Vereinigten Staaten gewesen wäre? Der frühere Chef der Italiener ist wirklich ein trauriges Beispiel dafür, wie man es nicht machen sollte. Statt mit einer minderjährigen marokkanischen Prostituierten Bunga-Bunga-Spiele zu treiben, hätte er sein Glück lieber bei Sophia Loren versuchen sollen. Die hätte zumindest altersmäßig besser zu ihm gepasst und im Falle eines Erfolges hätte wenigstens der gesamte männliche Teil Italiens hinter ihm gestanden und nicht nur der Staatsanwalt. Bleibt abzuwarten, was noch so alles von Donald Trump zu erwarten ist. Man darf gespannt sein!

Nicht einmal auf Kachelmann war mehr Verlass! Der stets freundliche, unbestechliche Kachelmann, der uns immer das schöne Wetter gemacht hat. Gut gelaunt und unterhaltsam wie er war, hätte ihm doch niemand etwas Böses zugetraut. Schon gar keine Gewalttaten. Schon gar nicht gegen Frauen. Und dann das. Sollte er wirklich so ein schlimmer Finger sein, sich so gut verstellt haben? Die Gerichte glaubten das ebenso wenig wie ich. Egal! Unabhängig davon, ob die Vorwürfe stimmten oder nicht, etwas bleibt immer hängen. Aufschauen zu ihm können wir nimmermehr.

Dabei hätten wir Deutschen, die wir doch so eine üble Vergangenheit hatten, wirklich gerne ein leuchtendes, makelloses Vorbild. Helene Fischer wäre ja ideal. Sieht gut aus und kann auch noch singen. Leider stammt sie aber aus Russland. Und wer hat uns in dieser Not aus der Patsche geholfen? Einer, dem wir es, mit Ausnahme natürlich von Dieter Bohlen, am allerwenigsten zugetraut hätten: Stefan Raab!!! Selbstverständlich ist er nicht selbst diese Lichtgestalt, aber er hat sie für uns geschaffen: Lena. Unschuldig, frech und hübsch dazu, das reinste Schneewittchen. Und dann hat sie für uns auch noch den Eurovision Song Contest gewonnen! Und damit unserer aller Herzen. Eine 18-jährige Schülerin aus Hannover vereinigt eine ganze Nation hinter sich und endlich, endlich haben wir jemanden zu dem wir alle aufsehen konnten. Endlich das ersehnte Sommermärchen. Schade nur, dass das Mädchen weder singen noch tanzen kann. Leider konnte sie daher ihren Erfolg nicht wiederholen und die Kandidaten, die ihr dann folgten, mussten sich meist immer mit den Engländern um die letzten Plätze balgen.

Lena als Vorbild der Nation ist mir dann doch etwas dürftig, und so leben meine Frau und ich nach wie vor unseren Traum vom Auswandern nach Uruguay. Immerhin sind die Urus bis ins Halbfinale der WM 2010 gekommen und mussten sich im kleinen Finale nur knapp den Deutschen geschlagen geben. Damit hatte nun wirklich niemand gerechnet, dass ausgerechnet Uruguay die Fahne Südamerikas aufrecht hält. Dass die Erzrivalen Argentinien und Brasilien vorzeitig ausgeschieden sind, wird in dem kleinen Land ebenso Anlass zu diebischer Freude gewesen sein wie der Gewinn der Copa America. Besonders hervorzuheben ist in diesem Zusammenhang, dass in Uruguay nur etwa 3,5 Millionen Menschen leben, etwa so viele wie in Berlin. Stellen Sie sich mal vor, die Berliner hätten ihre „Hertha" zur WM geschickt! Wir hätten uns bis auf die Knochen blamiert.

Mit dem Fehlen von Vorbildern kann ich notfalls noch leben, unerträglich finde ich dagegen die Gesamtsituation in unserem Land. Jeder sieht doch die ausweglose Situation vor sich: steigende Schulden; eine immer größer werdende Zahl von Menschen, die von Sozialleistungen abhängig sind; steigende Gewaltkriminalität; ein nicht mehr bezahlbares Gesundheitswesen; unsinnige Bundeswehreinsätze; unsichere Renten; Weltwirtschaftskrise; Griechenlandkrise; Eurokrise; Klimakrise; Gretchenkrise, Coronakrise. Die Liste ist endlos. Und was tut unsere Regierung? Sie diskutiert Mehrwertsssteuersenkungen für Hoteliers, Anhebung der Hartz-IV-Sätze, Energiesparlampen, Mindestlöhne, Kindergärten in Kasernen, Adoptionen durch Schwule, Dieselfahr- und Rauchverbote in Kneipen. Als wenn es nicht wirklich Wichtigeres auf der Welt gibt. Die Regierung ist längst nicht mehr in der Lage, die eigenen Gesetze durchzusetzen, geschweige denn, sich selbst an sie zu halten. Demgemäß sehen auch die Bürger keinerlei Veranlassung, sich an Recht und Ordnung zu halten. Diese Erkenntnis habe natürlich nicht (nur) ich gewonnen, sondern der ehemalige Präsident des Bundesverfassungsgerichtes, der in Juristenkreisen hoch verehrte Prof. Dr. Hans-Jürgen Papier.

Um Ihnen vor Augen zu führen, was ich meine, möchte ich folgendes Zitat anführen: „Der Staat war der Feind des ehrlichen Bürgers geworden. Er honorierte Ordnung nicht mehr, er ließ dem Krankhaften allen Schutz angedeihen und nannte das human. Der Anständige war ihm als lebender Vorwurf suspekt und wurde diffamiert, um nicht Ankläger werden zu können. Die Staatskasse verschwendete Steuergelder in die Unterhaltung der Volksluxusbäder und ernährte die Masse der untätigen Proletarier von der Wiege bis zur Bahre. Die Inflation griff rapide um sich."

Kommt Ihnen bekannt vor, oder? Ist aber nicht das, was Sie denken. Der von mir sehr geschätzte Joachim Fernau beschreibt in „Caesar lässt grüssen" den Untergang des römischen Reiches. Panem et circenses. Brot und Spiele. Vergleichbares wird auch uns bevorstehen, etwa Volksverblödung durch das Nachmittagsprogramm im Privatfernsehen. Man sieht schon die Zeichen der Flammenschrift an der Wand. Auch Thilo Sarrazin, der als einer der Wenigen in Land nicht mit rosa Scheuklappen herumläuft, hat sie bereits erkannt. Im Gegensatz zu ihm, der seine Urenkel noch in Deutschland aufwachsen sehen will, möchte ich das Ende hier nicht abwarten, sondern lieber weitab vom Schuss. Warum nicht in Südamerika? Warum nicht Uruguay? Immerhin wandern jedes Jahr Hunderttausende best ausgebildeter junger Deutscher aus, die hier ebenfalls keine Perspektive mehr sehen. Da sollte ich mich anschließen!

Obwohl ich immer noch nicht bei den Urus gewesen bin, musste ich schon die ersten Abstriche machen. Meine Freude, dass dort nicht nur Bier gebraut, sondern auch Rot- und Weißwein angebaut wird, erlitt einen argen Dämpfer, als meine Frau einige Flaschen der uruguayanischen Hausmarke mitbrachte. Sowohl der Rote als auch der Weiße erinnerten geschmacklich vordergründig an Batteriesäure und hinterließen im Abgang ein trockenes Kratzen. Es ist halt nicht alles Gold, was aus der Ferne betrachtet glänzt.

Für einen gewissen Dämpfer sorgten auch Ereignisse bei der Fußball-WM 2014, insbesondere die Gepflogenheit, gegnerische Spieler zu beißen. Und was hat Luis Suárez im Interview gesagt nach dem er Giorgio Chinelli gebissen hatte? „Hatte nit geschmeckete!" Auf solche Beißer stehe ich ja gar nicht!

Daher setzten wir als nächstes einen reiseerprobten Späher ein, um die Verhältnisse in Südamerika näher zu erkunden. Geeignet erschien uns hier Carolins Cousin Sven, der ohnehin seinen nächsten Urlaub in Argentinien verbringen wollte. Also empfahlen wir ihm, wenn er denn schon mal da war, einen Abstecher ins Nachbarland zu unternehmen. Natürlich hielten wir unsere wahren Hintergründe geheim. Sven konnte zwar alles essen, deshalb brauchte er aber noch lange nicht alles zu wissen.

Schon bald erhielten wir die ersten verheißungsvollen Nachrichten über riesige Steaks (wer mal ein richtiges Asado sehen will, dem empfehle ich, bei YouTube unter „Anthony Bourdain in Uruguay" nachzuschauen), günstige Preise und nette Leute. Unsere Nachfragen wurden allerdings so eindringlich, dass Sven misstrauisch wurde. Immerhin war er nur einen Tag seines Urlaubes in Uruguay und die restlichen 13 Tage in Argentinien, das uns jedoch kaum interessierte. Daher ließen wir uns noch die Fahrt mit der Fähre von Buenos Aires nach Montevideo beschreiben.

Natürlich hatte Sven in Uru weder einen Fisch noch einen Angler zu Gesicht bekommen, wie sollte er auch, schließlich ist er Banker. Aber auch hier hilft YouTube. Ich entdeckte mehrere Beiträge über das Fischen in Südamerika, unter anderem „Fishing near Piriapolis, Uruguay." Schon recht eindrucksvoll, was die Brandungsangler dort an Land gezogen haben! Das weckt in mir das Verlangen, es in der Mündung des Rio de la Plata auch mal zu probieren. Da es dort Häuser gibt, die keine 50 Meter vom Strand entfernt sind, hätte die Beute nur einen kurzen Weg zur Pfanne. Und auch Carolin hätte es mit einem Bratfisch und einem kühlen Bier nicht allzu weit bis zu mir.

Darum unternahmen wir den nächsten Versuch, mehr über URU zu erfahren, selber, allerdings recht dilettantisch. Anlässlich des 50ten Geburtstages meines holden Weibes war eine größere Reise angesagt. Wohin? Natürlich nach Südamerika. Natürlich mit der AIDA. Bei JustAIDA waren zwei Kreuzfahrten angeboten, die eine in die Karibik und dann den Amazonas rauf, die andere nach Argentinien, Uruguay und Rio. Solche „Just-Angebote" haben den Vorteil, recht günstig zu sein. Der Nachteil ist, dass man nicht im Voraus weiß welche der beiden Reisen man bekommt. Es wird gelost. Wir hofften natürlich auf Uruguay. Und was bekamen wir? Genau. Den Amazonas. Zwar hatten einige Mitreisende bereits Uruguay besucht und konnten vage Beschreibungen von Land und Leuten liefern, wirklich weiterhelfen konnte uns aber niemand.

Also mussten wir wieder auf Carolins Bekannte zurückgreifen. Hier kommt ihre Freundin Elke ins Spiel, die wenige Wochen nach unserer Kreuzfahrt ebenfalls Südamerika besuchte und auch mehrere Tage in Uruguay verbrachte. „Sieht so aus wie in Schleswig-Holstein" war der erste Eindruck, den sie uns vermittelte. Nichts gegen Schleswig-Holstein, aber dafür um die halbe Welt reisen? So billig sollte sie uns nicht davonkommen. Also luden wir sie und ihren Freund zu einem Gänseessen ein.

Obwohl das Essen gut und die Gespräche angeregt waren, konnten wir den beiden nicht viele Informationen entlocken. Es sei ruhig in Uru, nichts los, und wir sollten besser nach Buenos Aires gehen. Das war knapp zusammengefasst das Ergebnis unserer Unterhaltung. Da hatten wir uns eigentlich mehr erhofft.

Nun machten wir Nägel mit Köpfen. Ich ließ ganz offiziell eine meiner Mitarbeiterinnen (Carolin) bei der Botschaft von Uruguay in Hamburg anrufen und um einen dienstlichen Termin für den Herrn Notar bitten. Das klappte ganz wunderbar und schon 10 Tage später standen wir der Botschafterin gegenüber. Man hatte uns bereits erwartet und mich auch namentlich begrüßt. Keine Formalitäten, keine Personenkontrollen. Einfach ein „Nehmen Sie bitte Platz. Was kann ich für Sie tun?"

So leicht hatten meine Frau und ich uns das nicht vorgestellt. Das sprach doch ganz eindeutig für unsere künftige Heimat! Und jetzt bekamen wir endlich alle erwünschten Auskünfte aus allererster Hand, angefangen vom günstigsten Anreiseweg über die schönste Reisezeit bis hin zu den Formalitäten beim PKW-Kauf. Glücklich verabschiedeten wir uns nach einer Stunde. „Muchas gracias, Senora Botschafterin!" Demnächst wollten wir uns ihr Land persönlich ansehen, um festzustellen, ob Uruguay wirklich das Land unserer Träume ist.

Unsere Auswanderungspläne endeten abrupt, als in den Iden des März 2015 unser Enkel geboren wurde.

.

Von A bis Z

Dieses Buch habe ich eigentlich für Nichtangler geschrieben. Etwas Sachverstand und die Kenntnis einiger weniger Fachbegriffe erleichtern aber das Verständnis der Geschichten, daher habe ich die wichtigsten Begriffe kurz erläutert.

Gut zu wissen ist auch, dass es im Wesentlichen zwei Grundprinzipien gibt an den Fisch zu kommen. Beim Ersten sitzt man an einem festen Platz (Ansitz) und versucht, einen Fisch an diesen Platz zu locken. Diese Methode wenden Stipp-, Grund- und Karpfenangler an. Beim Zweiten wandert man um das Gewässer und sucht die Fische. Zu dieser Methode zählt man das Spinn- und Fliegenfischen.

Aal – Nachträuber. Schmeckt am besten geräuchert.

Abschlagen – Waidgerechtes Töten der Beute.

Angeln – Nach derzeitigem Stand der Wissenschaft die komplizierteste, kostenintensivste und somit uneffektivste Art des Fischfangs.

Anschlag, anschlagen – Ruckartiges Anheben der Rute, wenn ein Fisch anbeißt. Treibt den Haken ins Fischmaul.

Babs Kijewski – Anglertraum, einfach Googlen!

Beißindex, Beißzeittafel – Serviceleistung des Deutschen Wetterdienstes. Es wird das regionale Wetter der nächsten Tage vorhergesagt sowie die voraussichtliche Beißlust der wichtigsten Fischarten an diesen Tagen. Der Faxabruf kostet 0,62 Euro. Die Faxnummer für den Raum Braunschweig lautet 0900 – 100 19 28 20. Anwählen und wenn es piept auf „Abruf" drücken. Zusammen mit der Beißzeittafel aus Fisch und Fang kann man damit auf die Stunde genau bestimmen, welchen Fisch man am nächsten Tag fangen wird. Klappt vorzüglich, vor allem theoretisch.

Bier – Lebenselexier der Angler.

Biss, beißen – Der Moment, in dem der Fisch den Köder nimmt.

Blondhase, angelnder – Kein Fachbegriff, sondern Wunschtraum der Jungangler, siehe auch Babs.

Boilie – Steinharter, pflaumengroßer Karpfenköder.

Bremse – Vorrichtung an der Rolle, mit der die Freigabe der Schnur geregelt wird. Bei gelockerter Bremse wird Schnur leicht, bei geschlossener schwer freigegeben. Bei geschlossener Bremse besteht die Gefahr, dass die Schnur reißt (bricht).

Carolin – Anwalts Liebling.

Catch and release – Fangen und zurücksetzen (wörtl.) Gemeint ist: Nix gefangen.

Drill – Das Ermüden des Fisches, bis man ihn mit dem Kescher landen kann.

Friedfische – Fische die sich vorwiegend pflanzlich oder von Kleintieren wie Würmern ernähren.

Fliegenfischer – Fängt keine Fliegen, sondern angelt mit solchen.

Futter, anfüttern – Um Fische an den Platz zu locken, wird Futter ins Wasser eingebracht. Teils geschieht dies, um sofort zu angeln, teilweise werden Fische auch über Wochen an einen bestimmten Fressplatz gewöhnt. Insbesondere Karpfenangler füttern mit großen Mengen und tagelang ihre Stellen an, bevor sie das erste Mal dort angeln.

Gaff – Übergroßer Haken an langem Stock, der der Landung kapitaler Fische dient. Sieht aus wie ein Angelhaken für Größenwahnsinnige.

Haken – Dient dem Befestigen des Köders und dem Festhalten des Fisches (gehakt) an der Angel. Neben Einfachhaken für Friedfische gibt es Drillingshaken (Drillinge) für den Fang von Raubfischen.

Hecht – Der Deutschen liebster Raubfisch. Er erreicht stattliche Größen bis 150 cm. Hat messerscharfe Zähne.

Kescher – Netz an einem langen Stil. Dient dem Herausheben der Fische aus dem Wasser.

Köder – Das Objekt, das am Haken befestigt den Fisch zum Anbiss verleiten soll. Man unterscheidet Natur- und Kunstköder.

Kunstköder – Oberbegriff aller aus Metall, Gummi, Plastik etc. hergestellten Köder, die in der Regel einen Beutefisch imitieren sollen. Hierzu zählen Spinner, Blinker, Pilker, Gummifische und auch Kunstfliegen.

Landen, Landung – Das An-Land-Bringen der Beute, meist mittels Kescher oder Gaff. Könner machen es mittels Kiemengriff.

Laufblei – Ein Stück Blei mit einem Loch, durch das die Angelschnur „läuft.“

Lockspray – Flüssiges Lockmittel in Sprayflaschen, das auf den Köder gesprüht wird. Gibt es in mindestens 30 verschiedenen Sorten für Fische von Aal bis Zander und in Geschmacksrichtungen von süß bis fischig. Einige Sorten stinken bestialisch. Insbesondere Reiheröl.

Märzbraune – Bekannte Kunstfliege.

Max – Sohn, Angelfreund und schärfster Konkurrent.

Mindestmaß, maßig – Länge, die ein Fisch mindestens haben muss, damit man ihn mitnehmen darf. Soll erreichen, dass ein Fisch mindestens einmal abgelaicht hat, bevor er in der Pfanne endet. Ist eine Erfindung deutscher Bürokraten. Ist ein Hecht 49 cm lang, ist er untermaßig und darf nicht mitgenommen werden, ist er 50 cm lang, ist er maßig und zu schlachten. Raum für gesunden Menschenverstand bleibt nicht.

Muffmolch – Schimpfwort für Karpfen, da diese häufig moderig schmecken.

Naturköder – Köder, die in der Natur vorkommen wie Würmer und Maden oder die aus natürlichen Stoffen hergestellt werden, wie zum Beispiel Brötchenteig.

Raubfisch – Fische, die sich vornehmlich von anderen Fischen ernähren. Hierzu zählen Hecht, Barsch, Zander und Wels.

Rolle – Auf ihr ist die Schnur aufgespult. Wird an der Rute befestigt. Wichtig zum Auswerfen der Angel und für das Drillen des Fisches.

Rute – Verlängerter Arm des Anglers. Wichtig beim Auswerfen, Anschlagen und Drillen. War früher aus Bambus, später aus Fieberglas und ist heute aus Kohlefaser.

Rutenhalter – Dient dem Ablegen der Rute. Früher nahm man eine in den Boden gesteckte Astgabel. Heute ist das Ding aus Alu und Plastik.

Schnur, Schnurstärken – Verbindung vom Haken zu Rute und Rolle. Man unterscheidet monofile und geflochtene Schnur. Über die Vor- und Nachteile geflochtener Schnur können Angler tagelang streiten. Monofile Schnur ist preiswert, lässt sich weit werfen und dehnt sich im Drill. Geflochtene kostet etwa das Fünffache, trägt das Fünffache an Gewicht und dehnt sich nicht, was beim Anschlag wichtig ist. Die Schnurstärke wird in mm angegeben, eine 0,25er Schnur ist also einen viertel Millimeter stark und trägt als Geflochtene dann über 20 Kilo.

Spinner – 1. Angelverrückter Petrijünger,
2. Kunstköder, bei dem sich ein Metallblatt um eine Achse dreht (spinnt). Der dabei entstehende Wasserdruck reizt die Fische zum Angriff.

Spinnfischen – Oberbegriff des Angelns mit Kunstködern, außer mit Fliegen. Gilt nach dem Fliegenfischen als sportlichste Art des Angelns.

Stahlvorfach – Bissfeste Schnur aus Metallfäden für das Angeln auf Hechte. Sitzt zwischen Köder und Hauptschnur.

Stippangeln – Angeln mit Schwimmer, vorwiegend auf kleinere Fische, vor allem Weißfische. Wird von Kollegen gelegentlich milde belächelt.

Zander – Beliebter Raubfisch. Lecker und grätenarm. Launisch und schwer zu fangen.

Illustrationen

fish chub © Vasiliy Voropaev – fotolia   Fishing Logo © adhevaart – Adobe Stock

Fisherman silhouettes © jan stopka – fotolia   Glühbirne © file404 – 123RF

Three icons from the Indian Summer symbol font

Four vector icons on the theme of fishing and fishing rods © vectorpocket – fotolia

Fisherman with fishing rod caught a fish silhouette © John 1179

10 icons © Holger Käding, Design-Pool Hamburg

Jörg Nöth

Der Autor ist 1957 in Helmstedt geboren, einem seinerzeit im „Zonenrandgebiet" gelegenen kleinen Städtchen.
Aufgewachsen ist er in der ländlichen Umgebung einer 4000-Seelen-Gemeinde.
Diese Umgebung hat ihn bis heute geprägt.

Er hat in Göttingen Jura studiert und ist seit 29 Jahren als Rechtsanwalt und Notar in seiner eigenen Kanzlei tätig.

Zum Angeln kam er schon mit etwa sechs Jahren und hat mit Bambusruten und Würmern den Fischen nachgestellt, bevor er im Jahr 1971 die Anglerprüfung machte und einem Verein beitrat. Seine Leidenschaft zu seinem Hobby und seine Liebe zur Natur sind ungebrochen.

Im April 2018 erschien sein erster Bestseller "**Verrückt nach Sandra.** Angelgeschichten für Nichtangler."

"**Heiß auf Mais.** Neue Angelgeschichten für Nichtangler" schließt jetzt genau an diesem Erfolg an.